Ricarda Jo Eidmann

Artcave
In den Fesseln der Sehnsucht

ISBN 978-3-940608-04-8
Printed in Germany
© RUBIN Verlag 2013

ihm gewidmet

Der Blick in den Spiegel stellte mich zufrieden. Die Haare hatte ich glatt geföhnt – ganz anders als sonst, wenn meine dunkelblonden Haare eher wild mein Gesicht umsäumten.

Fast ein wenig bieder sah ich aus. Aber mein Gesicht sagte etwas anders. Die Augen dezent dunkel geschminkt. Meine blauen Augen blitzten. Meine Lippenkonturen hatte ich mit einer dunklen Linie umrahmt und die Lippen selbst in einem hellen Pastell gehalten.

`Was für ein Parfum würde zu mir passen?` *Rive Gauche* von *Yves Saint Laurent*, davon hatte ich noch einen Rest. Es würde mein klassisches Outfit unterstreichen. *Rive Gauche* erinnerte mich immer an Paris. Und Paris ist schließlich die Stadt der Liebe. Wenn das kein Omen war.

Ein schwerer, sinnlicher Duft. Passend zu dem Abend den ich erwartete. Es unterstrich mein starkes Ich, in dem ich jetzt lebte.

Nun der Blick in den Kleiderschrank. Ein schwarzes Kleid sollte es sein. Eines, das meinen vollen Busen unterstrich, das ihn zeigte und doch verhüllte, unter den Brüsten gerafft. Und dazu acht Zentimeter hohe Absätze. Das sollte reichen für das erste Date. Im Artcave wollten wir uns treffen. Ob ich das Höschen wirklich weglassen sollte, wie er es gefordert hatte – ich wusste es nicht.

Ich fuhr durch meine Spalte und merkte wie nass es an meinen Fingern klebte. Die Konsistenz, die ich fühlte, war so wie an meinen fruchtbaren Tagen. Das passte mit meiner Beobachtung überein, denn ich war seit Tagen so heiß. Das war auch der Grund weswegen ich mich im Erotikforum online eingewählt hatte. Es musste einfach wieder ein Mann her.

Einer, der mit der Lust der Frau umgehen konnte, der

es verstand, mich zu betören, zu begeistern, mich stundenlang verwöhnte und mir einen Orgasmus nach dem anderen gönnte.

Ich dachte daran, wie ich Henrys Beschreibung gelesen hatte:

»Immer Gentleman, manchmal Mistkerl, sicher im Auftritt, ob im Anzug oder Jeans. Spontan, mehr Macher als Mitläufer. Vielseitig interessiert, mehr dominant als soft, einfühlsam, leidenschaftlich, gradlinig, Herz auf der Seele, manchmal tiefgründig, oftmals gut gelaunt, gelegentlich sarkastisch, sportlich, beruflich und privat gerne unterwegs, wacher Kopf und offen für Neues.«

Das Foto, das er mir im Verlauf der Internetkonversation zugeschickt hatte, war das eines Mannes, der so manches Frauenherz höher schlagen ließ. Er war mit einem Meter dreiundachtzig groß genug, um stattlich zu wirken. Hatte schöne blaue Augen, dunkle, mit leichtem Grau durchzogene Haare, ein ovales Gesicht. Er war durchtrainiert, seine Muskeln dezent gezeichnet.

Er suchte eine Frau für das Nachtleben, für Gespräche, Sauna, Essen und für dies und das. Vielleicht für jede Gelegenheit eine Frau, vielleicht für alles die Eine.

Auch sprach mich an, was er sich von dieser Frau erhoffte, welche Frauen er mochte. Feminine Frauen, interessante Frauen, gut gekleidete Frauen, gefühlvolle Frauen, erotische Frauen, verletzliche Frauen, unabhängige Frauen, geistreiche Frauen, starke Frauen, verruchte Frauen... Hier konnte ich mich wieder finden.

Dominant sei er. Das war das, was mich besonders an ihm reizte, aber dass er auch offen für einen Seitenwechsel sei und sich dominieren lassen würde.

»Es ist mir lieber, es so auszudrücken: aktiv und passiv zu sein.«, hatte er mir im Telefonat erklärt.

»Da stimme ich dir vollkommen zu.«, sagte ich.

»Was hast du denn in dieser Beziehung schon erlebt?« »Ich dachte eine ganze Zeit lang, ich sei devot, aber in einer meiner letzten Beziehungen war ich sowohl dominant als auch devot. Ich weiß, eigentlich ist es in den Kreisen, die S/M intensiv leben, verpönt beide Seiten zu bedienen, aber ich finde es am authetischsten.«

»Und hattest du auch schon die Rolle einer Sklavin?«

»Ansatzweise. Ein ganz klein wenig. Ich wollte vor einigen Jahren gern eine 24/7 Beziehung, stellte es mir herrlich vor, Eigentum eines Mannes zu sein. Aber es scheiterte an der Verschiedenheit von uns beiden. Damit brach auch alles andere weg. Ich war damals zu unorganisiert, er hingegen zu penibel. Aber wir hatten auch unsere Auftritte, was Fetischkleidung betrifft. Auch einige kleine Flagsessions. Es war spannend, weil es neu war und ich bis dahin so etwas noch nicht erfahren hatte. Es war ein unglaublicher Reiz. Ein Reiz, der immer noch da ist, nur der richtige Mann fehlt mir. Der Mann, zu dem ich aufschauen kann. Einem anderen würde ich jegliche Dominanz nicht abnehmen. Ich habe es nicht wirklich tief gelebt, nur ansatzweise.«

»Das kann ich gut nachvollziehen. Ich kann dir all dies bieten. Aber ich bin sehr besitz ergreifend. Ich will eine Frau für mich. Ich will ihre ganze Aufmerksamkeit und Liebe für mich. Ich will es immer spüren.«

»Das wäre wunderbar. So etwas geht nur mit Gefühl, das wäre das Schönste. Eine klassische Spielbeziehung ist überhaupt nicht das, was ich will.

Ich will die Verantwortung des anderen spüren.«

»Die sollst du auch bekommen, wenn es zwischen uns beiden passt.«

Und nun war es gleich soweit. In nur fünfzehn Minuten war ich von zuhause an dem Lokal angekommen. Ich ging die Treppe nach unten. Manoun machte mir freudig die Tür auf:

»Hallo Liebelein«, begrüßte sie mich.

»Hi Manoun, ich habe heute ein Date, gibt es auf dem Sofa noch einen freien Patz«

»Warum willst du nicht nach vorne zum Stammtisch?«

»Nein, ich will mich mit ihm ungestört unterhalten.«, erklärte ich.

»Na, da bin ich ja mal gespannt. Den guck ich mir aber ganz genau an. Willst du nicht doch lieber nach vorne, dann könnte ich ihn gleich durchleuchten, nicht dass er nichts taugt.«

»Das können wir ja das nächste Mal tun, wenn er mir gefällt. Er hat so eine männliche Stimme und wenn das Bild nicht lügt sieht er richtig attraktiv und männlich aus.«

»Und was ist mit Robert?«

»Na also der lässt sich soviel Zeit, ich glaube nicht, dass daraus etwas werden könnte.« Ich machte eine Pause. »Nein, ich glaube, daraus wird wirklich nichts. Der ruft nie an, und ein bisschen mehr Initiative hätte schon längst von ihm kommen müssen. Nein, ich bin das Warten leid. Er hatte jetzt über Monate seine Chance gehabt, glaub mir. Ich war diesmal sehr geduldig. Aber wer nicht will, der hat schon.« Auch wenn Manoun es gerne gesehen hätte, sie mochte uns beide, so war ich nicht mehr an Robert interessiert.

»Schade, ich glaub immer noch, dass ihr ein schönes Paar werden würdet. Aber schließlich musst du das wissen. Eine Cola für dich wie immer?«

»Ja gern. Und wenn er kommt, dann kannst du mir ja mit einem Augenzwinkern zeigen ob er dir gefällt.«

»Na letztendlich muss er dir gefallen. Aber ich halte das unter Beobachtung.«

Ich setzte mich auf eines der beiden Sofas, die im vorderen Bereich der Bar standen. Selten nahm ich hier Platz, nur wenn am Stammtisch kein Hocker mehr frei war und unsere kleine Gruppe, mit der ich mich meist hier traf, hier hin ausweichen musste. Nun saß ich alleine dort, ließ das erste Mal die Einrichtung so richtig auf mich wirken. Nervös war ich, stellte ich fest, so ließ ich bewusst meine Blicke schweifen, um mich abzulenken. Ich schaute auf einen Jüngling, der mir gegenüber stand. Aus Bronze, ein Schälchen in der Hand, in dem eine Praline lag. Die Gemälde an der Wand, von denen jedes eine eigene erotische Szene beschrieb. Es hatte den Anschein eines Wohnzimmers, sehr warm, sehr geschmackvoll eingerichtet. Die Bücherwände vorne, neben den Sofas, in denen erotische Romane standen. Der ganze Raum mit liebevoll ausgesuchten Erotika, mit Skulpturen und Gegenständen zum Thema erotische Kunst. Nicht vulgär, nein eher einladend zum Betrachten, wie ein Museum mit Barbetrieb. Nun saß ich auf einem antiken Sofa, das vor kurzem einen neuen Stoffbezug und eine neue Füllung bekommen hatte. Ich wartete auf Henry.

Lange musste ich nicht warten. Bald nachdem ich angekommen war, stand er in der Tür. Und er sah genauso gut aus, wie auf den Bildern, die ich von ihm

gesehen hatte. Ich war aufgeregt, fast verlegen.
Ich begrüßte ihn mit einem Kuss rechts und links und er hielt meinen Kopf im Nacken fest, packte mich an den Haaren und küsste mich hart auf den Mund. Dann setzten wir uns.

»Es gefällt mir, was ich hier sehe.«, sagte er.

»Mir auch.«, sagte ich mit einem Kloß im Hals.

»Was trinkst du?«

»Ich habe eine Cola bestellt.«

»Kein Glas Prosecco?«

»Nein, ich will besser einen klaren Kopf behalten. Vielleicht später einen Rotwein.«

»Gern, haben die hier einen Guten?«

»Ja, er ist sehr lecker.«

»Dann bestelle ich uns zwei. Okay?«

Warum eigentlich nicht. Vielleicht würde es eine angenehme Atmosphäre schaffen.

»Und du bist öfter hier?«, fragte er mich.

»Ja, ich bin hier ziemlich oft.«

»Das ist ja schon ein heißer Laden. Ich hatte zwar schon davon gelesen, aber ich war leider noch nicht hier gewesen. Aber heiß, wirklich heiß.«

Er schaute sich um: »Alte Damen, die nicht richtig sehen, denken bestimmt, das ist ja wie bei Oma oder bei uns daheim, erst wenn sie erkennen welche Aktionen hier auf Leinwand gebracht sind, wollen sie schnell weg, sofern sie prüde sind.«

Henrys Blick haftete auf einem Gemälde, dass eine Schlagszene zeigte.

»Sind hier viele S/Mler?«, wollte er wissen.

»Auch welche, aber hier ist alles, wirklich alles vertreten.«

»Und die Dame, die mir die Tür öffnete. Ist das die Inhaberin?«

»Sie ist die Geschäftsführerin. Aber sie ist mehr als

das. Sie ist die Gastgeberin und die, die wir alle hierher gehen, kommen eigentlich wegen ihr und der guten und interessanten Gespräche, die man hier führen kann. Und man kann gut alleine erscheinen.«

»Hat ja ein scharfes Outfit an. Ist sie immer so zurecht gemacht?«

»Ja meistens. Sie hat hier jeden Abend sozusagen ihren Auftritt.«

»Das Korsett, das sie trägt sieht wirklich gut aus. Trägst du auch so was?«

»Ich habe etliche, aber schon lange keine mehr angehabt.«

»Das sollte sich ändern. Ich mag es gerne.«
Er schaute mich an und seine Blicke streichelten über meinen Körper als würde er mich berühren. Ich zitterte erregt.

»Und, hast du meinem Wunsch entsprochen?«
Ich schaute ihn an.

»Du weißt doch, dass ich wollte, dass du kein Höschen trägst.«

»Nein, ich habe eines an.«

»Dann geh zur Toilette und zieh es aus.«, befahl er mir.
Ich zögerte einen Moment und spürte gleich wieder den Griff in meinen Haaren. Er zog mich zu sich heran. »Und wenn du zurückkommst, dann will ich den Saft von dir schmecken.«
Ich stand auf und fand unsicher den Weg zur Toilette. Ich ging, setzte mich auf den Brillenrand und fragte mich, ob ich dies wirklich sei, ob ich das wirklich wollte, schaute auf die Bemalung auf der Toiletten-tür, eine Frau setzte sich auf das harte Glied eines Mannes. Irgendetwas ließ es mich aber tun. Ich war wie ferngesteuert von dem Handeln, das nicht wirklich meines war. Doch ich zog meinen Slip aus, ver-

staute ihn in meiner Handtasche, stand da, öffnete meine Beine, hob mein Kleid in die Höhe, ließ meinen Finger in meiner Öffnung verschwinden und ging zu ihm zurück.

»Es schmeckt gut!«, sagte er und leckte sich über die Lippen.

»Küss mich!«, forderte er mich auf. Und ich spürte wie fordernd sein Kuss sich anfühlte.

Ich setzte mich wieder neben ihn und trank einen großen Schluck aus meinem Weinglas.

Das konnte doch nicht wahr sein, dass ein mir doch so fremder Mann mich so in seinen Bann ziehen würde. Jedoch genau so war es. Fremd einerseits und andererseits doch so vertraut, weil so intensiv gewünscht. Vielleicht würden wir das miteinander haben können, von dem ich mir so lange gewünscht hatte es zu haben.

»Woran denkst du?«, unterbrach er meine Gedanken.

»Ich finde es strange. Es ist irgendwie unglaublich.«

»Genau so soll es sein. So und nicht anders. Oder willst du etwas anderes als das was du gerade jetzt hast und von dem du insgeheim weißt, dass es alles sein kann, was du noch haben kannst und haben willst. Wir gehen zusammen auf die Reise. Das waren genau die berühmten Seven Seconds, die dann entscheiden was sein wird. Wir beide wussten genau als wir uns sahen, dass wir uns gefallen und dass wir ganz wunderbare Sachen miteinander erleben werden.«

»Ja, das kann gut sein.«

Manoun kam zu uns und schaute, ob bei uns noch alles in Ordnung war. Sie brachte uns eine Schale Salzgebäck. »Gibt es hier auch Zigarren?«, fragte er sie.

»Ja, ich bringe dir eine Auswahl, dann kannst du dir eine aussuchen. Aber wenn du eine dünne nimmst, dann kann ich dir was ganz Entzückendes zeigen.«

Kurz darauf kam sie mit ihrem erhabenen Schritt zurück, mit einem kleinen Humidor und einer kleinen Figur.

Sie stellte den Humidor auf den Tisch und zeigte sie ihm. Eine kleine filigrane Frau aus Bronze lag auf einem Marmorpodest auf der Seite. Unschuldig wirkte sie, ganz lieb und anmutig mit dem Arm schützend vor ihrem Gesicht. Mit einem Tuch waren sanft ihre Hüften bedeckt.

»Schau!« Sie hob das Bein der liegenden Figur und es kam eine kleine runde Öffnung zwischen den Beinen, nahe der Scham zum Vorschein, die zum Anschneiden der Zigarre gedacht war.

Henry und Manoun lachten. Ich kannte diesen Zigarrenanschneider bereits. »Den hat mein Chef ersteigert. Ist das nicht irre? Und dafür habe ich auch die passenden Zigarren dabei.«, erklärte sie.

Henry entschied sich aber anders und nahm eine Churchill und schnitt sie mit seinem eigenen Schneider ab. Ich zündete mir eine Zigarette an.

»Ich wusste nicht, dass man hier rauchen darf, sonst hätte ich eigene mitgebracht. Aber die hier ist ganz okay, auch wenn sie ein bisschen trocken ist.«

»Ja, es gibt nicht so viele Lokale in denen man rauchen kann.«

»Schön, gefällt mir.«

»Nächste Woche gibt es eine Veranstaltung im *Club Fatale,* das ist nicht weit von hier. Sie läuft un-ter dem Motto: *Cuba goes bizzare.*«

»An welchem Tag ist das?«

»Immer der letzte Freitag im Monat«

»Ach das ist regelmäßig? Was ist der Club Fatale für

ein Laden? Ich war noch nie dort.«

»Eigentlich ganz zu Anfang ein reiner S/M Laden, jetzt ist das nicht mehr ganz so streng. Eigentlich was für Leute, die einen Fetisch haben, gleich welcher Art auch immer. Aber auch für sexuell aufgeschlossene Menschen. Es ist dort immer noch ganz okay.«

»Gehst du oft dort hin?«

»Nein, früher mehr. Ich fand es früher sehr spannend. Aber ich bin nicht wirklich sehr sadomasochistisch. Es hat mich früher mehr dort hingezogen. Aber es gibt einige Partys, die wirklich gut sind und auch einige andere Veranstaltungen, die mir gefallen. Und das *Cuba goes bizzare* gehört dazu. Die Damen gehen im kleinen Schwarzen und die Män-ner im Anzug oder Smoking. Und du kannst dort an diesem Abend auch rauchen. Das geht drinnen nur bei dieser Veranstaltung.«, führte ich aus.

»Okay hört sich spannend an. Lass uns hingehen. Ich bin da offen.«

»Warum warst du sonst nicht in solchen Läden.«

»Du, mit meiner Exfrau habe ich das zuhause gelebt oder im kleinen privaten Kreis. Sie mochte die Öffentlichkeit nicht. Das konnte sie sich aufgrund ihres Jobs nicht erlauben.«

»Warum? Was macht sie beruflich?«

»Sie ist Pressesprecherin eines großen Pharmaunternehmens. Da wäre das nicht gut gekommen. Aber ich für meinen Teil habe kein Problem damit, auch wenn ich für mich selbst will, dass sich gewisse Dinge nur in den eigenen vier Wänden abspielen.«

»Das kann ich gut verstehen. Ich schaue auch eigentlich lieber mal zu, als dass ich mich präsentiere.«

»Wunderbar, wir werden noch so viele Dinge machen, bei denen wir soviel Nähe brauchen, die wir nicht hätten, wären wir in der Öffentlichkeit.«

Wir saßen da und schwiegen. Er ließ mich in der Stille verharren. Dann küsste er mich wieder. Aber diesmal nicht so fordernd wie zuvor, sondern ganz sachte und sanft. Sehr liebevoll spürte ich seinen Mund auf meinem, seine Zunge sanft an meinen Lippen. Wunderschön und fast romantisch nahm ich es wahr. Langsam gewöhnte ich mich an die Situation mit ihm. Wir unterhielten uns noch eine ganze Weile und dann traten wir den Heimweg an.

»Ich wohne nicht weit von hier«, erklärte er. »Kommst du noch auf einen Wein mit zu mir?«

»Wenn es für dich okay ist, dann würde ich lieber nach Hause fahren. Ich habe morgen einen anstrengenden Tag.«

»Wie du willst.« Er schaute mich an. »Nein, ich finde ein halbes Stündchen solltest du mir noch schenken. Das ist meine Bitte an dich!«

Ich überlegte. Einerseits wollte ich nach Hause, anderseits wollte ich genau einen Mann, der über mich verfügte.

»Gut, ich komme noch auf einen kleinen Schluck zu dir.«

Er nahm mich an der Hand und wir gingen Richtung Main.

»Dass du noch nie im *Artcave* warst, wo du so nah wohnst.«

»Ich habe bis vor zwei Monaten noch mit meiner Exfrau im Haus gelebt. Und dann wollte ich mich erst einmal organisieren.«

Als wir nach rechts bogen bat er mich vor ihm auf der Straße zu gehen.

»Komm, ich will dass du dein Kleid ausziehst.«

Ich schaute ihn fragend an. Seine Aufforderung irritierte mich. Es lag etwas Befehlendes in seiner Stimme. Sollte ich das wirklich tun? Sollte ich wirklich seinem Wunsch nachkommen? Ich wusste nicht, wie mir geschah. Was würden andere Menschen denken, wenn uns jemand entgegenkommen oder jemand aus dem Fenster schauen würde. Ich zögerte, gedanklich hin und her gerissen ob des Tuns blieb ich einen Moment stehen. Ich hatte Angst und fühlte sie in meinen Hals aufsteigen, als sich mein Puls beschleunigte.

»Ja, komm, ich will deinen Körper sehen«, sagte er nochmals mit Nachdruck.

Mit dem gleichen Gefühl, das ich hatte, als ich mir im Artcave den Slip auszog, öffnete ich den Reisverschluss meines Kleides und ließ es nach unten gleiten. Dann stand ich nackt vor ihm. Den Rücken ihm zugewandt. Ich fühlte seine Blicke auf meinem Hintern. Würde er ihm gefallen, wird er seinen Ansprüchen genügen. Ich war nicht mehr zwanzig, auch wenn ich mich nach wie vor selbst attraktiv fand. Es wird schon gut gehen, vielleicht würde ich für meinen Mut belohnt.

»Geh, geh vor mir. Ich will dich von hinten sehen.« Ich stieg aus dem Kleid, bückte mich und hob es auf. Langsamen Schrittes lief ich weiter.

So gingen wir bis vor seine Wohnungstür.

Seine Wohnung war sehr klar. Sehr edel und sehr hell eingerichtet. Aber sie hatte keine Atmosphäre. Hier war keine Frau zu Hause. Dies spürte man deutlich. Verschiedene Kleidungsstücke waren im Wohnzimmer verstreut, die er gleich zur Seite räumte.

»Setz dich«, deutete er mit seinem Kopf. »Ich hole uns etwas zu trinken. Du trinkst doch noch einen

Schluck Wein? Ich habe noch einen ganz wunderbaren Primitivo offen. Der hat jetzt ein ganz besonderes Aroma.«

Es war warm in seinem Wohnzimmer, die Sommersonne hatte durch die großen Fenster stark eingeheizt.

»Es ist sehr warm, hast du auch ein kühles Wasser?«

»Gern, ich war geschäftlich weg und ich habe vergessen die Jalousien zu schließen«, entschuldigte er diesen Umstand.

Als er neben mir saß, strich er meine Haare nach hinten von den Schultern, die er sanft küsste, bevor er genüsslich hineinbiss.

»Keine Angst. Ich lasse dich gleich gehen. Aber du musst mir versprechen, dass wir uns ganz bald wieder sehen. Vielleicht Samstagmittag. Wir könnten zusammen auf den Markt gehen und anschließend zusammen kochen. Hast du Lust und Zeit?«

»Klar, gern. Was soll es denn geben?«

»Das entscheiden wir dann. Wir machen, wonach uns der Sinn steht. Aber vielleicht könnten wir Wachteln zubereiten. Lass uns einfach sehen, was uns anlacht.«

Bis ich nach Hause kam, war es doch viel später als mir lieb war. Ich fütterte noch schnell die Katzen, die mich in mein Bett begleiteten. Ich hatte rechts den Kater Franz im Arm, links die Katze Sissi, die schnurrend neben mir einschliefen. Ich war beseelt und kam morgens besser aus den Federn, als ich gedacht hatte. Voller Elan, mit einem Lächeln auf dem Gesicht, zog ich meinen Arbeitsoverall an und ging in meinen Atelierraum. Der Gips meiner Skulptur war gut durchgetrocknet und nun ging es an das Bemalen. Das farbliche Zusammenspiel hatte ich bereits vorgeplant, aber als ich nun begann meine Farben aufzutragen, entwickelte sich aus meinem Innern eine neue Dynamik. Als würde ich von einer ganz neuen Idee geleitet und der Auftrag der Farben gestaltete sich in einem ganz neuen Kleid. Nicht abgegrenzt brachte ich die Farben auf, sie verschwammen ineinander. Nicht wie üblich grün, rot und gelb waren vorherrschend, sondern ich mischte ein sattes Türkis an, das sich mit einem intensiven Gelb einen schillernden Dialog lieferte. Alle anderen vorgesehenen Farben fanden ihren Weg auf die Skulptur in einem wunderbaren Miteinander. Ich war überrascht, deutete meine neue Eingebung als den Beginn meines neuen Erlebens, sei es auch noch so kurz. Aber Henry hatte mich beflügelt. Ich hatte früher schon festgestellt, dass Begegnungen und Erlebnisse mich kreativ machten oder blockierten. Sollte es sein, dass ich eine neue Muse gefunden hatte?

Ich freute mich auf Samstag. Aber wir mussten es leider verschieben. Es gab Probleme mit seiner Tochter und er kümmerte sich das ganze Wochenende in Sachen Familie.

Am Freitag darauf holte er mich um neunzehn Uhr ab. Das *Cuba goes Bizzare* sollte um acht Uhr beginnen. Er sah gut aus in seinem dunklen Anzug mit rosafarbener Krawatte und einem passend abgestimmten Einstecktuch. Wir gehörten zu den ersten Gästen der Veranstaltung. In dem Lokal befanden sich kaum zehn Leute.

»So, hier bist du also schon öfters? Interessant. Ich hatte es mir irgendwie größer vorgestellt.«

»Ich weiß. Das sagt jeder, der sich vorher im Internet informiert. Das hast du auch getan, oder?«

»Ja, das habe ich gemacht. Ich wollte doch wissen wohin du mich schleppst.«

»Und wie gefällt es dir?«

»Sage ich dir nachher. Ich lass es erst einmal auf mich wirken.«

Der große Raum in dem wir waren bot dem Besucher eine große Fläche, um dort zu spielen oder zu tanzen. Eine große, gut sortierte Bar, an der man sitzen konnte, lud zum Verweilen ein. Heute waren in der Mitte des Raumes Stühle aufgestellt. Auf dem Tisch davor, der mit rotem Samt eingehüllt war, lagen schon allerlei Spielgegenstände.

»Wollen wir uns setzen oder willst du erst was zu trinken holen?«, fragte ich.

Henry schaute sich um: »Die Bar scheint gut sortiert zu sein. Ich hole uns erst einmal etwas.«

»Geh zu André, dem Dunkelhaarigen mit dem Bärtchen. Der kennt sich am besten aus.«

»Was darf ich dir mitbringen?«

»Ein Wasser. Ich trinke bei dir einen Schluck mit. Ist das okay?«

»Klar«, sagte er unkompliziert.

»Nimm einen Schluck. Das ist ein ganz wunderbarer Rum. Den gibt es ganz selten draußen.

Find ich gut.«

Scharf brannte es meinen Hals entlang, als ich einen Schluck nahm. Dann setzten wir uns in die erste Reihe.

Die Damen vom *Ladyfun* bereiteten alles für die bevorstehende Präsentation vor.

Kurz nach acht begrüßte uns Tanja, die Ladeninhaberin des Frauenerotikgeschäftes, das allerlei für Liebesdinge und tolle Dessous bot und zeigte uns einige Liebesspielzeuge.

»Und was ganz Besonderes ist der *Smart Wand*, der ist aufladbar und erhältlich in verschieden Größen. Der Kleine hat vier Zentimeter, der Große sechs Zentimeter Durchmesser. Den kann man auch mal reindonnern. Der ist eigentlich für die Physiotherapie konzipiert und lockert schön. Der Große hat eine Vibration, die es sonst gar nicht gibt. Es gibt verschiedene Einstellungen. Der geht erst richtig los, wenn er Körperkontakt hat. Frauen, die Orgasmusschwierigkeiten haben oder noch nie gekommen sind, die kommen in zwei Minuten. Da kann ein Mann auch mal faul sein. Das ist ein perfektes Paartoy. Und wenn sie es richtig genossen hat, dann massiert sie damit dem Mann schön den Nacken.« Stellte sie uns dieses Teil vor und ging dann über zu den Schlaginstrumenten und zeigte einige, die Swarowskisteine am Griff hatten und ziemlich teuer waren.

»Ich hab euch noch einen Cockring mitgebracht, der auch vibriert. Da wird der ganze Schwanz zum Vibrator. Und das ist eine Stimulation, davon träumt die Klitoris.« Sonst gab es lauter tolle Dinge rund um die schönste Nebensache der Welt zu entdecken und womit man diese noch schöner machen kann.

»Ich will mir gerne mal die Sachen ansehen. Bleibst

du hier oder willst du mit vor?«, fragte ich, als die Präsentation zu Ende war.

»Schau du nur. Wenn dir was gefällt, dann kannst du mich ja holen. Ich gehe mal nach hinten, da sind zwei zu Gange. Ich schaue ein bisschen zu.«

Ich schaute mir die neuen Dildos genau an und war völlig fasziniert von einem Plexiglasdildo, der ähnlich wie aneinander gereihte Kugeln gearbeitet war. Er lag so schön schwer in der Hand und ich stellte es mir gut vor ihn eingeführt zu bekommen. Heute wollte ich ihn nicht mitnehmen, aber irgendwann wollte ich so einen haben.

»Was ist denn das für ein Ei?«, fragte ich Tanja.

»Das ist für die Männer, das ist eine Hosentaschenmuschi für die schnelle Nummer für unterwegs.«

»Wie fühlt sich das denn an?«

»Fass es an. Nimm das Weiße, das ist das Mus-ter.« Ich öffnete es. Es sah wie eine große Litchi aus und fühlte sich an wie Samt als ich es mit meiner Hand berührte. Innen war ein Loch.

»Die haben je nach Farben verschiedenartige Noppen innen und jedes fühlt sich anders an. Das ist was für das absolute Wohlgefühl«, erklärte Tanja.

Ich steckte zwei Finger in die Öffnung und es fühlte sich wie eine Wabenstruktur an. Wie die Höhle einer Frau, bloß viel weicher, noch angenehmer, nur nicht so nass. »Oh, es fühlt sich wirklich gut an, aber ist es nicht zu wenig feucht?«

»Nein, es gleitet richtig gut.«

»Aber ist das nicht ein bisschen klein?«

»Nein, es dehnt sich in jede Größe.«

Tanja nahm einen Vibrator und führte ihn ein, so dass sich das Ei tatsächlich auf dessen Größe dehnen ließ. Ich war fast neidisch auf die Männer, die etwas so

Wunderbares zur Benutzung geboten bekamen. Ähnliches hatte ich schon einmal in einem Sexshop befühlt, wo es lebensgroße Kunstmuschis gab, die nur viel größer als dieses Ei waren. Aber auch da hatte ich die angenehme Konsistenz gefühlt.

Nun wollte ich wieder zu Henry, wollte ihn nicht solange alleine lassen.

»Und, was gefunden?«

»Ja, ich fand schon einiges sehr interessantes. Wir können ja mal irgendwann in den Laden gehen.«

»Wir suchen dann was gemeinsam aus.«

Henry schaute weiter gebannt zu dem Paar auf der Erhöhung, dennoch hatte ich den Eindruck, er sei gelangweilt.

»Findest du es spannend, was die beiden da machen?«, fragte ich

»So und so. Der gibt ihr doch nur wahllos ein paar Hiebe. Langweiliges Spiel, finde ich. In der Öffentlichkeit habe ich das noch nicht erlebt, aber der Typ geht gar nicht auf die Frau ein. Sie hat nicht wirklich Spaß.«

»S/M macht nicht immer Spaß.«

»Aber mir bereitet es nur Freude, wenn es ihr gefällt. Ich muss eine Regung, ein Verlangen spüren, sonst törnt es mich nicht an. Ich bin kein Sadist und mir ist meine Partnerin sehr wichtig. Der Typ ist einfach nur ein Poser, der sich in Szene setzen will.«

Wieder bekam sie einen Schlag zwischen ihre Beine. Ihr Körper war drall, doch ihre Brüste zeigten keine Regung. Und er penetrierte sie weiter, aber er wollte sie nicht erlösen, ihr keine Freude schenken. Er gab kein Streicheln, keine Liebkosung, einfach nur ein Tun.

Irgendwann ließ er von ihr ab und sie blieb auf dem Boden liegen. Ich saß und dachte nach, ich fühlte mich in sie hinein und spürte das Verlangen, dass sie hatte, das durch ihn offensichtlich nicht befriedigt wurde. Sie, die diesen Mann vielleicht begehrte, sich vielleicht nur zu einem Spiel getroffen hatte, aber dennoch ging es auch um die Lust, nicht nur nach Schmerz und Hingabe, sondern die Lust des Kommens nach diesen harten Schlägen, die noch nicht erfüllte wurde. Wie einsam und verloren musste sie sich fühlen. Jetzt lag sie da und ich fühlte wie es mich zu ihr hintrieb. Ich wollte sie berühren. Ich wollte ihm, diesem Poser zeigen, dass da noch viel mehr ging. Ich wollte sein Werk vollenden, ihr das schenken, was er ihr verweigert hatte. Auch wenn es vielleicht zu ihrem Spiel gehörte, dass er nicht wirklich befriedigen wollte. Und sie es als Sklavin nicht einfordern konnte. Vielleicht war das ihr Deal, den ich durchbrechen wollte.

»Henry, schau nur wie sie daliegt. Sie hätte gerne einen Orgasmus. Ich spüre es. Soll ich ihr einen bereiten, was meinst du?«

»Ja mach. Aber mach es ihr richtig gut. Ich schaue dir zu.«

»Darf ich sie lecken?«, fragte ich den fremden Mann.

»Ja, gern.«

Ich ging nach oben und der andere nahm meinen Platz neben Henry ein. Ich beugte mich zu ihr, streichelte ihre Brüste und sie begann zu stöhnen. Ein Stöhnen, das er ihr nicht entlocken konnte. Ihre Brüste fühlten sich hart und erregt an, zarte Gänsehaut überkam sie. Es lag so viel Weiblichkeit in meinen Händen, obwohl sie so jung war. So wohlgeformt und dennoch fast rein und unberührt. Weibliche Sinnlichkeit lag vor mir. Ihre Augen waren geschlossen. Sie genoss den Moment und ich war an ihr, wie ich mir wünschte, dass jemand an mir wäre. Unglaublich erregend wie sie vor mir lag, wie ich die Weichheit ihrer Haut genoss. Immer wieder musste ich ihre Brüste liebkosen, rieb meine Brust an ihrer. Fühlte, wie sich unsere Knospen aneinander rieben. Wie unsere prallen Brüste sich gefielen. Ich fuhr nach oben zu ihrem Hals, streichelte ihr Gesicht. Streckte mich sanft nach oben und küsste ihre geschlossenen Augen. Schmuste mit meiner Wange an ihrer. Leckte sanft ihr Ohrläppchen, hielt ihren Kopf in meinen Händen. Leckte den Hals hinab. Meine Hände umfassten ihre beiden Brüste und ich knetete sie mit beiden Händen und drückte mit Mittelfinger und Daumen fest die Brustwarzen. Kein Laut kam von ihr, aber ich spürte die Spannung ihres Körpers, der nach mehr verlangte. Ich gab es ihr.

Ich ließ sie wieder los und ließ sie verharren. Ich schaute mir ihren Körper an. Die schlanke Taille, die großen Brüste und die ausladenden Hüften und spreizte nun die festen fleischigen Beine. Ich hatte freien Blick auf ihr rasiertes jungfräuliches Delta, das sie mir erwartungsvoll präsentierte. Mit der flachen Hand schlug ich auf ihre Klitoris. Würde sie jetzt genauso nass sein wie ich, würde sie es jetzt auch nicht erwarten können bis endlich ein Finger in sie eindrang. Aber ich gab es ihr nicht. Ich ließ mich langsam zwischen ihren Beinen nieder und fing an ihre Spalte zu lecken. Sie schmeckte jung und süß. Zuerst steckte ich meine Zunge in ihr jungfräuliches enges Löchlein. Und biss ihr unverhofft zart in ihre Klitoris. Ihr Atmen wurde immer stärker, ihr Brustkorb hob und senkte sich und auch ich fing an zu stöhnen, so sehr erregte es mich. Ich spürte, wie sich ein Schwall drängte und schließlich heraus floss. Ich leckte sie weiter. Sie verdrehte unter den Liddeckeln die Augen bis es ihr kam.

Als ich fertig war fragte ich ob es ihr gut gehe. »Ja, das war schön, ich habe noch nie etwas mit einer Frau gehabt.«

»Ich auch schon lange nicht mehr. Aber du hast so lecker ausgesehen und außerdem hattest du es nach seinem Spiel mit dir verdient.«

Ich ging herunter zu Henry.

»Bist du öfter hier? Ich habe dich noch nie gesehen«, wollte der andere wissen.

»Nicht mehr so oft.« Ich jedoch kannte ihn. Diesen Mann, dessen Name Frank war, hatte ich schon öfter gesehen. Meist in Begleitung zweier Frauen mit denen er spielte oder die sich gegenseitig verwöhnten. Mit dieser Frau hatte ich ihn noch nicht zuvor gesehen.

Henry sprach überhaupt nicht.

»Wir wollen noch in den Spielraum gehen. Wollt ihr mitkommen?«, wollte Frank wissen.

»Nein, ich will lieber hier draußen bleiben. Oder willst du Henry?«

»Nein, nein, wir bleiben hier.«

Als die beiden weg waren, lobte Henry meine Entscheidung: »Der ist mir vielleicht auf die Nerven gegangen. Erst versuchte er mich über dich auszufragen und dann wollte er ständig, dass ich zu euch rüber gehe und sie anfasse. Dabei wollte ich einfach nur zusehen und genießen. Find ich echt gut, dass du den Unsympath hast stehen lassen.«

Inzwischen waren die meisten Leute gegangen, sie waren nur zur Veranstaltung gekommen. Nun war es hier fast leer. Auch Henrys Glas hatte keinen Schluck mehr.

»Wollen wir gehen oder willst du noch etwas trinken?«, fragte ich.

»Ich hätte noch Lust auf einen guten Schluck.«

Wir gingen zur Bar und Henry ging zielsicher auf André zu: »Der Rum war wirklich gut. Ich hätte gerne noch einmal so etwas Ausgefallenes.«

»Du, wenn du wirklich was Ausgefallenes willst, dann kann ich dir mal einen Absinth empfehlen. Hast du schon mal einen getrunken?«

»Nein, bisher nicht.«

»Absinth ist so ein bisschen mein Steckenpferd. Wir haben hier hinten eine große Auswahl verschiedenster Absinth.« Er zeigte nach hinten auf ein Regal mit verschiedenen Flaschen. »Die Geschichte vom Absinth ist eine ganz alte. Er enthält vor allem Alkohol und Wermut und galt vor Jahrhunderten besonders als Magentherapeutikum. Er wurde eingesetzt gegen so allerlei Wehwehchen. Absinth wurde Anfang des 20. Jahrhunderts verboten und ist erst wieder seit fünfundzwanzig Jahren erhältlich.« Er grinste Henry an, legte den Kopf zur Seite »Jetzt ist die Frage, welchen Geschmack ich von dir bedienen darf? So ganz klassisch sind Fenchel und Anis, schmeckt so ein bisschen nach Uzo oder Pernod. Da haben wir einen ganz leichten aus der Schweiz, der weniger bitter schmeckt.«

»Nein, Anis ist nicht so meine Sache.«

»Wir haben aber auch einen *Fee VERTE*. Der ist ohne Anis, dafür mit einer feinen Note des Süßholzes.«

André nahm die Flasche mit dem roten Inhalt und zeigte sie uns. »Der sieht schon ganz anders aus. Der ist nach einem böhmischen Rezept und aus dem gleichen Haus gibt es noch einen Schwarzen, der über eine kräftige Kräuternote verfügt. Ich würde dir aber für den Anfang den hier empfehlen.« Er machte eine Pause, holte eine Flasche mit hellblauem Inhalt und schaute uns an: »Wenn dir nachher nach Libidoförderung ist, dann hab ich auch noch einen mit Damiana. Der ist nahezu naturbelassen, schön aphrodisierend.«

André stand da und lächelte süffisant. »Und? Was meinst du? Hab ich deine Neugierde für eine dieser wunderbaren Erlesenheiten wecken können?«, fragte er.

»Ja, also ich fange mal langsam an.«

Er goss den hellblauen Saft in ein spezielles Glas über eine Art Löffel mit Zucker auf dem Glas und zündete es dann an.

»Schau, das ist doch einfach ein schönes Ritual. Und wenn es abgerannt ist, gibt es noch einen Schluck Wasser oben drauf.«

Schon hatte er ein kleines Gefäß mit Trinkwasser an die Seite gestellt.

»Auf dass es dir bekomme,« lächelte er abermals süffisant und nickte mit dem Kopf.

»Du kennst das?«, fragte mich Henry, der seinen ersten Schluck nahm.

»Ja, ich trinke gern Absinth, aber lieber den mit Anis.«

»Und wie reagierst Du darauf? Hast Du was gemerkt?«

»Ach weißt Du, ich brauche nicht unbedingt was, um meine Sinne zu erregen. Das läuft bei mir ganz anders ab. Auch bei Musik oder optischen Eindrücken kann da was passieren.« Ich erinnerte mich, wie ich mal an einem Abend hier war und mich irgendwie merkwürdig gefühlt hatte. »Ich hatte mal keinen guten Tag und fühlte mich innerlich irgendwie zerrissen. Ich fragte André ob er nicht etwas für mich hätte, das mich wieder ins Gleichgewicht bringen könnte. Er gab mir irgendeinen besonderen Absinth.

Und es ging mir danach bedeutend besser. Also, ich weiß nicht, ob es tatsächlich der Absinth war oder einfach nur die wohlwollende Handlung Andrés.«

»Vielleicht von beidem etwas«, antwortete Henry.

»Und wie war dein Tag heute?«

»Ach weißt du, viel Arbeit für wenig Geld. Wenn ich mir überlege, wie hart ich dafür arbeiten muss, um die gütig zu stimmen, die über mir stehen. Das macht nicht wirklich Freude. Aber es könnte mich noch schlimmer treffen. Und dann immer wieder dieser Ärger mit meiner Ex. Die hat mir gestern Abend mitgeteilt, dass sie sich aufgrund der Trennung vielleicht überlegt, nicht mehr arbeiten zu gehen. Sie macht es sich wirklich einfach. Ich lasse sie in dem Haus wohnen und sie hat irgend so einen anderen Beischläfer und ich zahle alles. Ich weiß auch gar nicht, ob es so richtig ist, was ich mache. Aber meine Tochter hat es jetzt auch schwer. Sie macht sich was vor und denkt, alles würde irgendwann wieder in Ordnung sein. Auch wenn wir es dem Kind längst erklärt haben. Meine Tochter weiß ja nicht, dass die Mutter schon längst wieder anderweitig versorgt ist. Ihr Typ hat ja auch eine Beziehung geopfert. Dabei war alles gar nicht wirklich so prickelnd, außer dem bisschen S/M war da nicht wirklich was richtig Besonderes und Ausgefallenes dabei. Das, was ich bisher seit der Trennung erlebt habe, ist schon aufregender als das, was ich in meiner Ehe erlebt habe. Ich glaube, ich habe mir lange etwas vorgemacht. Aber ich habe sie sehr geliebt.«

»Und seit wann hat sie den Anderen?«

»Ich denke, das hat vor etwa einem Jahr angefangen. Ich habe bemerkt, dass sie sich verändert hat. Ich darf eigentlich gar nichts sagen, ich hatte zwischendrin auch meine Affären. Nur da hatte sich nie was zwischen uns geändert. Sie hat einfach gleich auf Liebe gemacht. Irgendwann war es mir einfach zu bunt und da habe ich mal in ihren Email-account geschaut. Da standen Sachen drin, die hat sie mit mir nie so gelebt. Ist schon verrückt. Das hat mich ziemlich gekränkt. Ich hab immer alles gemacht, aber meine Befriedigung musste ich mir woanders holen«, führte er aus.

»Vielleicht liegt es daran, dass ihr ein Kind miteinander habt und sie dich als was Besonders sah. Das gibt es sowohl auf der Männer- als auch auf der Frauenseite. Da bleibt die Leidenschaft komischerweise oft auf der Strecke. Wobei ich so was eher bei Männern festgestellt habe. Die eigenen Frauen, die ihre Kinder zur Welt gebracht haben bekommen dann so was Heiliges.«

»Na wir hatten unsere S/M Fantasien schon vor der Ehe entwickelt. Das hatte uns beide ziemlich heftig gekickt, wenn ich sie gespankt habe. Das machte ihr richtig Spaß, auch als das Kind schon da war. Aber der Sex an sich war nicht wirklich facettenreich. Ich habe das dann mit anderen gelebt. Aber mit dem anderen gehen auf einmal ganz andere Sachen, ich verstehe das alles nicht, warum sie diese Lust nicht mit mir hat leben können. Das treibt mich, wenn ich darüber nachdenke, in ein richtiges Tief.«
Ich schluckte. Ich fand es gut, dass er mir gegenüber so offen war. Aber wie weit hatte er sich denn schon tatsächlich von ihr gelöst?

»Und du bist sicher, dass du bereit für etwas Neues bist?«

»Berechtige Frage. Wenn ich mich jetzt nicht endlich ausleben soll, wann dann? Nein, ich habe keine Zeit mehr zu verlieren. Ich will alles ziemlich intensiv und bin auch bereit, mich darauf einzulassen. Das kannst du mir schon glauben. Ich weiß was ich will. Nur soll es jetzt in vielerlei Hinsicht stimmen.«

»Man hat nie eine Garantie, dass es gut wird. Ich selbst habe auch immer ein Stück Restbeziehung in eine neue Beziehung hineingetragen. Und ich will auch einen Mann, der seine Gedanken mit mir teilt. Das schafft eine Nähe, die ich mir von einer Beziehung wünsche.«

»Ja, ich auch. Eine Frau, mit der ich nicht reden kann, wäre nichts für mich.«

»Dass wir kein Kind miteinander haben, hat den Vorteil, dass wir uns nicht hauptsächlich über dieses Thema unterhalten müssen.«
Ich ließ ihn einen Moment alleine, ging auf die Toilette und als ich wiederkam, hatte er sich den Veranstaltungskalender angesehen.

»Hast du gesehen, dass es hier auch einen Tangokurs gibt? Der nächste fängt nach den Sommerferien an. Hättest du darauf Lust?«, fragte er mich.

»Warum nicht, ich habe schon mal zwei Kurse besucht, ist aber schon lange her und ich glaube, es ist gerade für einen Anfänger gut, wenn einer von beiden schon ein bisschen weiter ist.«

»Das heißt also ja?«

»Warum nicht. Ich weiß, dass es immer donnerstags ist.«

»Das passt ganz gut bei mir. Ich bin meist nur Dienstag auf Mittwoch oder tags darauf in Augsburg.«

»Na und wenn mal eine Stunde ausfällt, das wäre ja auch nicht so dramatisch. Oder?«

»Nein, das kriegen wir schon hin.«

»Und, wie schmeckt er dir?«, fragte André nach.

»Ganz gut.«

»Wie wirkt es auf die Sinne?«

»Es hat gerade meinen Tanzsinn aktiviert. Wir haben eben darüber gesprochen, dass wir den Tangokurs besuchen wollen. Gibt es die Möglichkeit noch?«

»Denke schon. Soll ich euch auf die Liste setzen?«

»Ja, das machen wir.«

»Na, dann scheint es dir hier zu gefallen. Ich habe dich hier noch nicht gesehen. Oder täusche ich mich da?«

»Nein. Charlotte führt mich in das heiße Nachtleben ein.«

»Ach, wo wart ihr denn sonst schon so?«

»Im Artcave.«, gab ich zur Antwort.

»War ich noch nie, aber ich bin ja auch froh, wenn ich nicht hier sein muss, dann chille ich lieber zuhause. Außerdem bauen wir gerade drüben den Spielraum um, da bin ich sowieso beschäftigt«, erklärte André »Und Charlotte, ist dir denn nicht nach einem Sinnesgetränk zumute?«

»Wirkt es denn bei den Frauen gleich?«, fragte Henry.

»Na ja, grundsätzlich habe ich ja schon vorher erklärt, dass es auf alle Sinne wirkt, sowohl bei dem Mann als auch bei der Frau. Aber bei den Frauen bringt es richtig schön den Unterkörper in Wallung. Früher hat man Absinth als Wehenmittel eingesetzt.«

»Ein anderes Mal, danach ist mir heute nicht zumute«, entschied ich mich dagegen.

»Wir gehen auch gleich.«, erklärte Henry »Mach uns bitte schon mal die Rechnung.«

Ich holte meine Geldbörse heraus und wir bezahlten unsere Getränke.

Henry brachte mich nach Hause und verabschiedete sich mit einem intensiven Kuss auf den Mund. Dann fuhr er weiter.

Am nächsten Samstag wollten wir uns nun endlich zu einem gemeinsamen Gang über den Markt treffen. Ich wollte aber zunächst mit Alina in die Markthalle gehen. Wir hatten dieses Ritual begonnen, als wir uns näher angefreundet hatten und gingen nun am Wochenende gemeinsam dort hin, sofern wir nichts anderes vorhatten. Sie kam erst immer zu mir und dann fuhren wir gemeinsam mit meinem Wagen weiter. Es war voll in der Stadt an diesem Tag und nachdem wir eine Weile vor dem Parkplatz gewartet hatten, fuhr auch jemand heraus und wir konnten unser Auto abstellen.

Wir schauten bei den ersten Ständen. Es gab Spargel, der bezahlbar war. Auch schon einige Stangen Rhabarber konnte ich erstehen. Dann liefen wir unsere obligatorische Runde. Hier kosteten wir ein paar Scheiben Salami, dort etwas Schinken. Kleine Würfel Käse, Brot in Olivenöl eingetaucht, naschten wir wie jedes Mal an den verschiedenen Verkaufsständen.

»Mein Exfreund hätte die Krise bekommen, wenn ich das in seinem Beisein gemacht hätte«, kommentierte Alina.

»Wer weiß, was Henry dazu sagen würde.«

»Ja, aber ich liebe es. Es wäre nur halb so gut, wenn wir das nicht machen würden.«

»Das finde ich auch. Komm, lass und noch ein paar Aufstriche probieren.«

Es gab einen Stand mit einem ganz wunderbaren Pesto. Klassisch, aus Basilikum, aber auch ein rotes mit Tomate, Pesto aus Ruccola und das aus Petersilie liebte ich besonders.

»Ist da Knoblauch drin?«, fragte Alina die Verkäuferin.

»Ein bisschen«, erklärte die Verkäuferin, die hinter den vielen Gläsern stand. An verschiedenen Stellen hatte der Stand kleine Teller mit Brotstücken, die mit den verschiedenen Aufstrichen bestrichen waren. Soßen und Dips, die auf Brot genauso gut schmeckten.

Alina probierte das Petersilienpesto nicht, sie verabscheute Knoblauch. Da half nichts.

Aber ich nahm gleich zwei Gläser mit, denn manchmal, wenn ich keine Zeit hatte, machte ich mir Nudeln mit dieser Köstlichkeit.

Es ging an weiteren Gemüse- und Obstständen vorbei. Schwarze Kartoffeln gab es auch schon wieder. Ich entschied mich aber dagegen. Die waren mir lieber in der kalten Jahreszeit.

Wir kamen zu dem iranischen Stand. Dort bekamen wir einen frischen Ingwertee, wie jedes Mal, kandierte Früchte und jede von uns eine mit Schoko-lade überzogene Kaffeebohne.

»Lass uns nach oben zu Bauer Mai gehen. Ich hätte mal wieder Lust auf eines seiner Suppenhühner.« Die gab es immer nur ganz früh. Kam man zu spät waren sie ausverkauft.

Eines lag noch in der Auslage. Die Suppenhühner gab es halbiert, mit Innereien, noch mit kleinen Eigelben, die in ihnen lagen. Auch der Kamm lag noch mit dabei. Und sie schmeckten wirklich besser, als die im Supermarkt, einfach frischer und geschmackvoller.

»Wir wollen nachher noch weiter auf den Wo-chen-markt. Aber ich hätte eigentlich gern das Sup-pen-huhn mitgenommen. Hält das denn die Wärme aus?«, erkundigte ich mich.

»Kein Problem, ich kann es ihnen vakumieren. Dann hält es sich locker zehn Tage.«, erklärte die Verkaufshilfe.

»Dann nehme ich das mit.«

Es war an diesem Tag erbärmlich heiß. Kaum zum

Aushalten. Die Luft, so heiß, dass man kaum atmen konnte und das schon Ende Mai. Nur ganz langsam bewegten wir uns in Richtung Markt, wo Henry sich um zwei Uhr einfinden wollte. Alina und ich waren eine Stunde früher dort, gingen zu Oskars Apfelweinstand, wo wir uns ein Glas selbst gemachten Johannisbeersaft und eine große Flasche Wasser teilten. So mischten wir immer den Saft und das Wasser, bis das Wasser zu Ende war. Und man schmeckte immer noch, selbst bei einem Rest, die Johannisbeere. So intensiv war der Geschmack des Saftes, den Oskars Schwägerin aus eigenem Anbau herstellte.

Um zwei Uhr kam Henry zu uns. Er setzte sich noch einen Moment und trank einen Apfelwein.

Alina war verhalten wie immer, redete nicht viel, beobachtete ihn aber sehr interessiert. Wir schauten mehr nach dem Treiben und den Leuten, als dass wir ein tiefes Gespräch führten.

Nach einer halben Stunde verabschiedeten Henry und ich uns von ihr und machten uns auf den Weg, um zu erkunden, was es abends zu Essen geben könnte.

Am Kulturstand gab es den gut durchgezogenen Handkäse, den ich für die Woche mitnahm. Es gab keinen vergleichbaren. Er hatte nicht eine Spur von Rohheit in der Mitte. So durchgereift fand man ihn sonst nirgendwo. Er hatte ein wunderbares Aroma, denn sie ließen ihn extra lange reifen.

Bei Bauer Frank gab es gerade noch vier Wachteln, die Henry unbedingt haben wollte.

»Was ist das denn für ein Pilz? Kann man den essen?«, fragte ich die Verkäuferin am Gartenkräuterstand.

»Das ist ein Schmarotzerpilz. Der wächst am Baum.

Den gibt es leider ganz selten. Wenn sie den probieren wollen, dann sollten sie schnell zugreifen, der hat hier seine Kenner. Wenn sie den einmal gegessen haben, dann wollen sie ihn immer wieder«, erklärte sie uns.

»Ja, dann sollten wir den auch einmal probieren!«, schlug Henry vor.

Ich freute mich, dass er experimentierfreudig war, was das Essen betraf. Ich war da nicht wirklich verwöhnt. Meine früheren Männer mochten es da lieber gewöhnlich. Und gekocht hatte auch noch keiner mit mir.

Als Beilage nahmen wir Mangold mit und erstanden auch noch Kartoffeln, die wir im Ofen als Gratin mitgaren wollten.

Später trafen wir noch einmal auf Alina, die mit »unserem schönen« Andreas dasaß. Wir lernten ihn vor einigen Wochen gemeinsam mit seinem Freund Georg kennen und Alina fand ihn gleich gut. Ob aus beiden etwas werden sollte, das würde erst die Zeit sagen. Mir persönlich war er zu glatt und wurde nach meiner Meinung von seinem Freund, der auch immer dabei war, gesponsort. In jeder Hinsicht. So schien es. Denn Georg holte oft für beide die Getränke oder auch schon mal eine Zigarre.

Henry verabschiedete sich bald darauf, er musste noch ein wenig arbeiten und wir wollten uns ohnehin schon am Abend wiedersehen.

»Mensch, das Benzin wird auch immer teurer.«, klagte Georg.

»Gut, dass ich kein Auto fahre. Ich bin wunderbar mit dem Fahrrad hier«, erklärte uns der schöne Andreas.

»Wo wohnst du eigentlich?«, fragte ich ihn.

»Am Westhafen. Von da aus komme ich überall gut

hin.«

Ich wunderte mich ein wenig, hatte er doch noch neulich erzählt, dass er nach dem Marktaufenthalt sich immer in seinen Garten setzen würde, um noch ein Glas Rotwein zu trinken.

»Da hast du einen Garten?«

»Nein, ich habe da ein kleines Apartment, das reicht mir. Ich gebe ja keine Gesellschaften und wenn ich mich mit Freunden treffe, dann gehe ich immer raus. Mir reicht das. Ich will das nicht mehr wie früher, da hatte ich eine große Wohnung im Westend.«

So hatte ich mir das vorgestellt. Ein Blender. Aber ein netter Blender mit seiner unechten goldenen Uhr.

»Ich reise auch viel nach Asien, da brauche ich keine größere Wohnung.«

»Wo bist du da?«

»In Dubai.«

»Und wie oft bist du da?«

»So alle ein bis zwei Monate für eine knappe Woche.«

»Ach, da kauft er dann auch seine nachgemachten Originale. Und wegen einer Woche Abwesenheit in zwei Monaten braucht er eine kleine Wohnung. Na wenn er meint«, flüsterte ich Alina ins Ohr.

Georg holte den nächsten Bembel mit Apfelwein.

»Ihr habt ja wieder gut Durst«, kommentierte Alina.

»Ach das ist erst unser Dritter«, sagte Georg. In der Größe ausgedrückt bedeutete der Dritte: Dreimal mit je vier Gläsern Inhalt.

»Da wäre ich schon völlig blau«, sagte ich.

»Das machen wir gerne samstags. Ich habe da kein Problem. Ich kann auch mal auf Alkohol verzichten. Ich habe früher öfter einmal im Jahr einige Wochen gar keinen Alkohol getrunken«, führte Andreas aus.

»Und jetzt? Schaffst du das auch?«, wollte ich

wissen.

»Wenn ich wollte, könnte ich.«

»Dann bist du aber bereits Alkoholiker, wenn du jeden Tag trinkst.«

»Ach Quatsch, ich trinke normalerweise mittags immer nur ein Glas Weißwein und dann nur abends.«

»Aber jeden Tag. Selbst wenn du nicht viel trinkst, wer regelmäßig trinkt, ist Alkoholiker«, beharrte ich. Alina war da anderer Meinung: »Nein, das ist doch gar nicht so. Wenn er nicht trinken muss, ist er auch kein Alkoholiker. Das machen doch so viele Leute.«

»Ja, aber ganz viele Leute sind auch alkoholabhängig.«

»Ist ja nicht so schlimm, wenn man es in Maßen tut. Schlimm ist es ja erst dann, wenn man schon morgens trinken muss und nur harte Sachen trinkt«, fand Alina.

»Da können wir jetzt auch drüber streiten. Ich habe da eine andere Meinung. Es gibt genaue Definitionen. Du kannst darüber reden und denken wie du willst. Das sind einfach Fakten.«

Gegen sechs trennten wir uns und ich fuhr zu Henry. Wir machten uns eine Weinschorle, setzen uns auf den Balkon und genossen die Sonnenstrahlen.

Gegen acht fingen wir an zu kochen. Für einen Mann war Henry fast schon perfekt ausgestattet. Man merkte, wie gerne er kochte. Die Wachteln füllten wir mit Orange, Thymianzweigen und Knoblauch und setzten sie in einen Glasbräter auf ein Öl und Grapefruitbett. Die Kartoffeln schnitten wir in Scheiben, gaben nur Salz und Milch dazu und bedeckten das Ganze mit Käse und gaben dann die Mischung mit den Wachteln in den Backofen, um es garen zu lassen.

Es hatte alles ein wunderbares Aroma und passte gut

zu dem Mangold.

»Wenn du mal zu mir kommst, dann mache ich uns ein selbstgemachtes Eis. Magst du das?«

»Gern. Hast du eine Eismaschine?«, fragte er.

»Ja, ziemlich neu. Ich möchte mal Zimteis mit heißen Zwetschgen probieren.«

»Dann kochen wir einfach am nächsten Wochenende bei dir.«

Henry bat mich wieder nach draußen auf den Balkon, wo wir den Abend ausklingen ließen.

»So Liebes. Es war wirklich eine anstrengende Woche. Ich würde gerne ins Bett gehen. Aber wenn du willst, können wir am Donnerstag wieder ins Artcave gehen. Einverstanden?«

Ich war enttäuscht, dass er mich nach Hause schickte. Aber nicht alles ließ sich gleich erfüllen.

»Soll ich erst zu dir kommen oder treffen wir uns dort?«, wollte ich wissen.

»Wie du willst.«

»Ich gehe schon vor, dann kann ich noch ein bisschen mit Manoun sprechen, die freut sich.«

»Montag, Dienstag wird noch mal ziemlich hart. Und morgen muss ich ganz früh raus«, klärte er mich auf.

»Was machst du denn?«

»Das willst du nicht wirklich wissen.«

»So schlimm?«

»Nein, ich will mal wieder ne Runde auf den Schießplatz, ein bisschen meine Treffsicherheit üben«, erläuterte er.

»Na dann. Ich habe früher auch geschossen.«

»Ach, ist ja interessant. Und was?«

»Luftgewehr und Kleinkaliber im Liegen.«

»Ist ja interessant. Ich nehme dich mal mit. Dort sind nur ganz bürgerliche. Da ziehst du einen Minirock an und bringst die Männer einfach mal durcheinander, die treffen dann garantiert nicht mehr.«

Ich gab ihm zum Abschied rechts und links ein Kuss auf die Wange und wie beim ersten Mal zog er mich in meinen Nacken greifend zu seinem Mund und küsste mich hart und fordernd. Wieder war diese Erregung da, die keine Erfüllung finden sollte.

Ich fuhr nach Hause und legte mich mit seinem Geruch in meinem Gesicht ins Bett.

Wir simsten jeden Tag kurz. Und am Donnerstag kam die Anweisung: »Wenn wir uns heute Abend treffen, dann ziehe eine durchsichtige Bluse an, ohne etwas darunter.«

Ich tat was er wollte. Als ich ins Artcave fuhr, trug ich eine schwarze durchsichtige Bluse.

Es war noch niemand da, als ich ankam und ich setzte mich erst einmal zu Manoun, die immer an dem ersten runden hohen Tisch im hinteren Bereich saß. Sie hatte von dort alles im Blick. Sie war dort selbst wie ein Gast, auch wenn sie im Job war, auch wenn er meistens angenehm war. Sie war unsere gute Seele. Für jeden ein Ohr, meist eine Meinung zu den Dingen und immer einen wohlgemeinten Rat.

»Manoun, ich muss dich mal was fragen.« Dann beichtete ich: »Henry fasst mich nicht an.«

»Der mit dem du dich hier getroffen hast? Hast du

ihn wieder gesehen?«

»Ja, ich war am Samstag bei ihm, auch noch an dem Abend nachdem wir hier waren, war ich bei ihm, aber er macht keinerlei Anstalten. Noch nicht einmal eine Andeutung. Keine längeren Küsse, keine einzige wirkliche Berührung.«

»Meinst du er hat noch eine andere?«

»Ich weiß nicht. Er ist geschäftlich viel unterwegs. Ich kann es dir nicht sagen. Ich habe zwar nicht das Gefühl, aber irgendwas stimmt nicht. Ich weiß nur nicht was.«

»Vielleicht schätzt er dich nur einfach. Ins Bett geht es immer viel zu schnell. So könnt ihr schauen, ob es wirklich passt. Das ist doch gut so.«

»Aber wir haben uns in einem Erotikforum kennen gelernt. Das ist doch merkwürdig.«

»Liebelein, lass es doch einfach laufen. Genieß es, wenn es gut ist. Alles andere wird dann schon noch kommen.«

Manouns Worte waren beruhigend. Vielleicht war es einfach nur Wertschätzung. Endlich jemand, dem es nicht um nur die eine Sache ging. Dem ich als Person viel wichtiger war, die er kennen lernen wollte, als dass er zuerst nur sein Vergnügen haben wollte. Der Weg war eigentlich so, wie ich es mir immer gewünscht hatte, dennoch fühlte ich mich als Frau irgendwie unbegehrt.

»Sag, frierst du? Oder warum ziehst du deinen Schal so zu?«

»Wenn man von draußen reinkommt, ist es schon ziemlich kalt«, zog ich meinen Schal noch enger um mich herum.

»Ich habe die Lüftung etwas höher gestellt, weil gestern Zigarrenabend war und die Luft, als ich rein kam, immer noch zum Schneiden war. Aber ich geh mal in die Küche und stelle sie runter.«

Manoun ging nach hinten als es an der Tür klingelte. Das sahen auch alle anderen Anwesenden an den optischen gelben Leuchten, die angingen, wenn geklingelt wurde.

Manoun machte immer selbst auf, schaute durch ein kleines Fenster an der Tür, ob der Gast auch willkommen war. Hier kam nicht jeder rein. Wenn sie kein gutes Gefühl hatte, oder wenn jemand nicht passend angezogen oder betrunken war, dann musste er draußen bleiben. Und das war gut so. Manoun ging zur Tür und kam mit Henry zurück. Beide kamen zu mir an den Tisch.

»Wollen wir hier bleiben oder willst du wieder nach vorne auf ein Sofa?«, fragte ich ihn.

»Bleiben wir hier.«

Er schaute mich an und lächelte. Ich hatte den Schal weggelegt, um ihm einen freien Blick auf meine wenig verhüllten Brüste zu geben. Er glitt mit seinen Augen über meinen fast nackten Oberkörper, freute sich augenscheinlich, dass ich seiner Bitte, nichts unter der Bluse zu tragen, nachgekommen war. Und ich freute mich, dass er es gleich wahrnahm.

Diesmal hatte er sich selbst eine Zigarre mitgebracht, sie war bereits angeschnitten. Er zündete sie sich an.

»Ich hätte gerne wieder den Rotwein.«

Nach und nach kamen neue Gäste und wir hatten einen wunderbaren Abend.

»Das hier ist alles wirklich mit einem solch erlesenen Geschmack eingerichtet. Wer kam denn auf die Idee, das hier so zu gestalten?«, wollte er von Manoun wissen.

»Mein Chef hat ein Faible dafür. Der sammelt schon seit ewigen Zeiten erotische Kunst. Und da hat es sich angeboten, das hier so einzurichten. Die Decken und Wandmalerei im vorderen Bereich hat alles unser Hauskünstler gemalt, Sir Andrew. Den wirst du kennenlernen, wenn du öfter kommst. Er kommt hier so in der Regel alle Woche mal rein, er lebt sonst außerhalb auf einem Schloss, das er schon etliche Jahre renoviert und immer noch nicht fertig ist.« Manoun stand auf. »Er hat mir zu meinem Geburtstag mal was ganz arg Schönes gemacht. Willst du mal sehen?«, fragte sie Henry. Ich war erleichtert. Er gefiel ihr. Dessen war ich mir sicher. Sie zeigte diese Schuhe immer nur dann, wenn sie jemanden mochte.

Sie holte sie aus der Küche. Pumps mit wunderbaren Motivbildern versehen. Manoun war da zu erkennen und bemalt waren die Schuhe wie ein Gemälde. Wirklich einzigartig. Er würde ein Vermögen damit verdienen können, wenn er sie auf Bestellung fertigen würde. Es gab mit Sicherheit einen Markt dafür. Aber Sir Andrew war mehr Künstler denn Geschäftsmann.

Auch Henry gefielen sie. Jeder, der sie sah, bewunderte sie. Sie waren ein ganz wunderbares Paar Unikate.

»Möchtest du denn gerne mal eine kleine Führung durch unsere erlesenen Kunstwerke?«, fragte sie Henry, der dies bejahte. Weitere Gäste, die inzwischen angekommen waren, schlossen sich der Führung an.

»Charlotte, kommst du auch mit?«, gab mir Henry seine Hand.

Ich hatte die Führung bereits einmal mitgemacht, hörte auch ganz oft im Hintergrund zu, wenn ich da war, aber ich schloss mich gerne an.

»Dann lasst uns mal vorne beginnen.«, forderte uns

Manoun auf und die kleine Gruppe folgte ihr nach vorne. Sie ging zu einem kleinen Kasten am Eingang, drehte den Schlüssel und öffnete die Türen. »Eine kleine französische Holzschnitzerei aus dem Jahr 1930. Der Priester und die Nonne.« Die Beiden lagen auf einem Schaukelstuhl und befriedigten sich gegenseitig mit dem Mund während sich der Schaukelstuhl in ihrem Takt bewegte. Eine absolut filigrane detailgetreue Darstellung. Nicht obszön, sondern einfach nur erheiternd und wirklich kunstvoll. Einige der Gäste lachten vergnügt, während sie dieser Darstellung zuschauten. »Und man beachte, woran ich ziehe«, zeigte sie uns den kleinen Holzpenis an einer Schnur, an dem man ziehen musste, um das Ganze in Bewegung zu halten. Wieder einige Lacher ob dieses süßen Details. Manoun lachte mit, schloss das Schränkchen und fragte: »Ist jemand sehr sensibel, was die Kirche betrifft?« Hier und da war ein »Nein« zu hören und Manoun ging weiter. »Nicht, dass jemand traumatisiert hier raus läuft.« Sie stellte sich vor das nächste Schränkchen. Es war aus Holz und ein Bild war zu sehen. Sie öffnete die beiden Türen: »Ein hochblasphemisches Bild: Satan am Kreuz. Ein belgischer Maler namens Felicien Rops. Rops war in der Malerei ähnlich, was de Sade in der Schriftstellerei war«, erklärte sie: »Sehr provokant, speziell, was die Kirche betrifft. Auch wenn man sich die Kreuzesinschrift anschaut. Das ist schon sehr, sehr heftig.« Sie deutete mit den Fingern nach oben auf die Inschrift.

»Was steht da?«, wollte ich wissen, weil ich es nicht gut lesen konnte. »Belz, wie der Belzebub. Das Bild wurde 1862 gemalt und da war man natürlich nicht sehr amüsiert darüber wie man sich vorstellen kann. Aber es ist eine ganz hervorragende Arbeit und irgendwie find ich, es hat was.«, sagte sie voller Bewunderung und mit einem Lächeln auf dem Lippen. Vor uns hing ein Bild, der Satan am Kreuz vor feuerrotem Hintergrund. Der Satan mit einem erigierten großen Penis und vor ihm eine nackte Frau, mit einem schwarzen Strick um den Hals, die er mit seinen Füßen festhielt.

»Was für ein Bild«, kommentierte der eine »Und das 1862.«, kommentierte ein anderer.

Sie ging weiter. »So, dann machen wir es jetzt wieder ein bisschen freundlicher.« Und öffnete ein gegenüberliegendes Schränkchen aus hellbraunem Holz. »Das Schränkchen hier ist neu. Der Inhalt ist von 1801 und stellt euch jetzt vordergründig das vor: die französische Revolution.«, erklärte sie uns. »Wir haben hier die brennende Bastille.« Diese war in der Mitte im Hintergrund zu sehen. »Wir haben da das letzte Königspaar«, zeigte sie nach rechts. Das Bild war von unglaublicher Tiefe, die aussah als sei man direkt vor Ort. Die Farben waren dezent gehalten. Bäume umsäumten den Blick auf die Bastille. Rechts vor dem Hintergrund stand noch ein unschuldiges Paar.

»Und so hing es anno 1801 bei wohlhabenden Menschen im Salon oder wo auch immer an der Wand und wenn der ganz intime Freundeskreis in geselliger Runde beieinander saß, dann gab es eine Kinovorführung.« Sie drehte rechts am Schränkchen und das ursprüngliche Bild verschwand rechts nach hinten und gab den Blick frei auf das illustre Geschehen. Es war ein buntes Treiben verschiedener Figuren, die in allerlei Liebesvergnügungen eingebunden waren. Vom einfachen Cunnilingus über Fellatio zum Geschlechtsakt und vorne saß noch immer das Königspaar und stand das junge Paar, aber statt auf die Bastille zu schauen, sahen sie dem Treiben zu und dazu wehte die französische Flagge mit der Aufschrift »Vive la Liberté«.

»Vive la Sexolultion«, kommentierte einer der Gäste.

Es klingelte und Manoun ging zur Tür, um zu öffnen. Ein Stammgast kam herein. Ernst, der als Frau namens Bernadette erschien. Ich hatte ihn noch nie als Mann gesehen. Aber als Frau war er eine höchst imposante Erscheinung. Heute hatte er eine rote Perücke gewählt, passend zum Kleid. Er war als Frau immer gut gekleidet, sehr feminin, damenhaft in seinen Bewegungen und auch in der Art, wie er redete. Er kam aus dem tiefsten holländischen Hinterland und war dort nur als Mann bekannt, so wie ich ihn nicht kannte. Als seine Frau gestorben war, fing er an, diesen Fetisch zu leben. Und diese Frau, die er dann lebte, war formvollendet.

Manoun kam zurück und bat Bernadette um einen Moment Geduld. Gleich nach der Führung würde sie etwas zu trinken bekommen. Einen Transencocktail. Den nahm er fast immer. Es gab ihn mit und ohne Alkohol. Er wurde im großen Weinglas serviert und bestand aus verschiedenen Fruchtsäften in herber oder süßlicher Variante. Während uns aus dem Hintergrund noch die Stimme von Michael Bublé erreichte, kam uns aus dem Kästchen des vermeintlichen Revolutionsbildes eine liebliche Musik entgegen »Ja, solche Geschichten waren die Vorläufer der heutigen Pornofilme. Aber deutlich liebvoller, lustiger und spaßiger als das, was man heute so präsentiert bekommt.« Dann ging sie zu einem Bild auf der gegenüberliegenden Seite, wo sich zwei Männer mit großen harten Gliedern beim Liebesakt vergnügten. »So, hier haben wir einen originalen Jean Cocteau.

Cocteau hat dieses Bild gemalt, als er mit dem Balletttänzer Nijnsky eine Affäre hatte. Cocteau hat es sehr gut beherrscht, mit wenigen Strichen alles klar definiert und ästhetisch darzustellen.« Er hatte das Bild auch mit drei Strichen als Andeutung eines Vorhanges versehen, als Hinweis auf die Bühnenarbeit seines Geliebten. »Das Bild wurde in den 1933ern gemalt«, erklärte Manoun. »Jetzt gehen wir zu meinem Lieblingsbild. Das ist ein Bild von Gustav von Hildebrand. Das ist aus den 30er, 40er Jahren. Dem Maler ist es außerordentlich gut gelungen das Emotionale in diesem Gesicht festzuhalten. Es ist traurig, es ist wütend, es ist verzweifelt, auch trotzig, es ist irgendwie auch gelangweilt. Das Gesicht ist sehr feminin, die Gliedmaßen dagegen maskulin. Es bleibt also dem Betrachter überlassen, was er wahrnimmt, was er hineininterpretiert.« Eng umschlungen stand das Paar. Der eine Mann von hinten in Mantel zu sehen und Hut und die androgyne Person, die ihn fest umklammerte und deren Gesicht eben jenen beschriebenen Ausdruck hatte. Es gab genau die Stimmung wieder, die Manoun beschrieb. »Vielleicht wollte der Maler auch damit ausdrücken, dass sowohl junge Männer als auch junge Mädchen in ein solches Unglück geraten können.«

Ein nächstes Bild zeigte eine Art Wüstenlandschaft mit weißen Strichen, die das Bild auflockerten.

»Dies ist das bekannteste, berühmteste und bedeutendste erotische Gemälde. Das, was bei mir hängt, ist eine Kopie. Das Original hängt im Musée d´Orsay in Paris. Vielleicht könnt ihr erahnen, was sich dahinter verbirgt. Auf den ersten Blick könnte es aber auch eine Landschaft sein.« L`Origine du monde – der Ursprung der Welt.« Manoun zog den Cache zur Seite und zum Vorschein kam eine Frau mit dunklem

Schamhaar.

»Dieses Bild wurde 1866 von einem türkischen Attaché bei Gustave Courbet in Auftrag gegeben. War natürlich damals ein Skandal. So konnte es nicht an der Wand hängen. Gut, man hat einen Vorhang davor gemacht. Dieser Attaché war ein Spieler. Er hat sein letztes Hab und Gut verzockt und musste dieses Bild verkaufen, um Spielschulden zu bezahlen. Wer dieses Bild damals erworben hat, ist bis heute nicht bekannt. Man vermutet, dass es eine reiche ungarische Familie war, wissen tut es aber letztendlich keiner. Es war dann weg und ist erst hundert Jahre später wieder in Paris bei einem Psychoanalytiker aufgetaucht. Der hatte auch einen Vorhang davor. Jetzt hatte aber die Schwägerin von diesem Analytiker eine Affäre mit einem Maler. Man hat sich wahrscheinlich gedacht, das sei ein sehr authentisches, sehr lebendiges Bild. Es einfach so hinter einem Vorhang zu verstecken, ist nicht besonders attraktiv. Der Geliebte war der Maler André Masson und eben dieser hat den Cache dazu gemacht. Wir haben also zwei unterschiedliche Maler aus zwei unterschiedlichen Jahrhunderten. Und Masson hat es ganz wunderbar übertragen. Courbet hat den Ursprung sehr landschaftlich bezogen gemalt. Es gibt Hügel, es gibt Täler und es ist sehr bewaldet. Wenn man sich Landschaftsbilder von Courbet anschaut und man genau hinschaut, dann kann man in einem Gebüsch oder in einer Baumkrone die Vagina wiederfinden.«
Manoun zeichnete mit ihrer schmalen Hand mit ihren gepflegten rot lackierten Fingern den Schamhügel nach. Ein Schamhügel, der an einen dunklen, dicht gewachsenen Busch erinnerte.

»In einer Hügellandschaft kann man diese Brüste wieder entdecken. Dieser Masson hat es einfach ganz, ganz toll gemacht, denn der hat es begriffen. Dieses Bild, diese Kopie hat unser Sir Andrew gemacht, der ebenso das ganze Lokal gestaltet hat. Es ist eine sehr gute Kopie von der Größe 1:1. Das Original hängt in einem Goldrahmen und ist von der Farbe etwas intensiver. Im *Musée d`Orsay* ist es offen und das Caché ist dahinter, denn Courbet ist deutlich namhafter als Masson.«

»Eine schöne Führung. Hat mir sehr gut gefallen«, bedankte sich Henry bei Manoun. Wir gingen zurück an den Tisch. Bernadette hatte die ganze Zeit dort alleine gesessen. Ich war gespannt, wie sich Henry ihr gegenüber verhalten würde. Nicht allzu oft wurde er mit Menschen konfrontiert, die ein ziemlich gewagtes Außenseiterleben führten. Aber sehr schnell kam das Gespräch in Gang und er schien keinerlei Animositäten ihm gegenüber zu haben. Dies beruhigte mich, denn für mich war der Umgang mit Männern in Frauenkleidung schon normal. Hier traf ich solche Menschen oft, denn im *Artcave* waren wir allesamt eine schräge Truppe, jeder auf seine Art und Weise. Aber alle waren untereinander sehr respektvoll. Nur unsere Manoun konnte auch schon einmal einen harten Ton anschlagen. Wirkte oft auf den ersten Blick sehr dominant. Sie hatte ihren Platz in ihrem Leben gefunden und für sich entschieden, und sie würde in keinerlei Hinsicht schale Kompromisse machen. Ihre Katzen, ihre geliebten Saunatage, Kunst und Kultur waren ihr hoch und heilig. Und sie war warmherziger, als es zunächst den Anschein machte. Diejenigen, denen sie sich zeigte, kannten auch die zarte Person in ihr und ihre Scherze, wenn ihr danach war, wie jetzt.

»Und dass ihr auch alle brav seid, sonst komme ich mit meinem Stöckchen«, lachte sie.

Sie ging nach hinten und kam mit einem filigranen Spazierstock zurück.

»Wer nicht brav ist, bekommt ihn zu spüren!«, erklärte sie in die Runde. Sie hob ihre Augenbrauen, nahm den Griff in die eine Hand, mit der anderen Hand zog sie an dem Stock und zum Vorschein kam ein Schlagelement aus Metallketten.

»Da schaust du Henry, so was gab es auch schon vor Jahrhunderten. Nicht erst heute leben die Menschen ihren Fetisch. Früher ging das auch«, erklärte sie. »Apropos, wer kommt denn eigentlich auf die Korsettparty?«

Ich schaute Henry an. »Willst du?«

»Ich weiß nicht, wann ist das?«, wollte er wissen.

»Übernächstes Wochenende.«

»Da habe ich meine Tochter bei mir«, erklärte er.

Es klingelte und Wolker kam. Wolker besuchte das Artcave fast jeden Abend. Er hielt es zu Hause alleine nicht aus. Was anderes fiel ihm eigentlich auch nicht ein. Außerdem erhoffte er immer, Manoun alleine zu sprechen. Er genoss es, wenn er mit ihr alleine war. Dann unterhielt er sich mit ihr stundenlang. Sonst blieb meist nur eine halbe oder eine Stunde, dann lief er wie ein Getriebener weg.

»Das ist mein guter Freund Wolker.«

Henry streckte ihm die Hand entgegen: »Hi, ich bin Henry. Wie ist dein Name?«

»Ich bin der Wolker.«

»Wolker? Was ist das für ein Name?«

»Du, nenn mich einfach Wolker. Man hat mich schon immer Wolker genannt.«

»Das ist sein Nachname, wir nennen ihn nie beim Vornamen. Das will er nicht«, erklärte ich.

Henry machte einen erstaunten Gesichtsausdruck.

»Und du bist das erste mal hier?«, wollte Wolker

wissen.

»Nein, inzwischen schon das zweite Mal. Manoun hat uns gerade eine Führung gegeben. Das war höchst interessant. Du kennst das wahrscheinlich schon?«

»Nein, ich kriege das aber manchmal mit einem halben Ohr mit.«

»Und wo kennt ihr beide euch her?«, fragte er uns.

»Wir kennen uns schon seit Jahren. Er war damals gerade in Trennung und hatte eine Kontaktanzeige aufgegeben, die ich zufällig gelesen hatte und ich wollte wissen wer dahintersteckt.«

»Ach, was muss man denn schreiben, um dein Interesse zu wecken?«, wollte Henry wissen.

»Er war der Wolf im Schafspelz.«

»Ah, das heißt genau was?«, schaute er Wolker an.

»Da muss ich ein bisschen ausholen. Ich kann ganz offen sagen, ich bin S/Mler, aber im normalen Miteinander bin ich eigentlich ein ganz umgänglicher Mensch und mag es einfach ganz liebevoll«, erklärte er.

»Das muss ja kein Widerspruch sein.«

»Nein, eigentlich nicht. Ich bin im Leben genauso normal oder unnormal wie andere. Nur, wenn ich eine Beziehung habe, dann will ich das auch leben. Es ist auch nicht, so dass es mir fehlt, wenn ich Single bin, aber wenn ich was mit einer Frau habe, dann will ich es heftig. Mir wäre es sonst zu schal.«

»Charlotte und ich kennen uns noch nicht so lange, aber ich kann dir sagen, dass ich so ein wenig auch auf dieser Schiene ticke. Das ist für mich in Ordnung.«

»Ja, unsere Charlotte. Da hast du ja einen heißen Fang gemacht. Oder sehe ich das falsch?«, schaute er mich fragend an.

Ich errötete. Wolker wusste, selten gefiel mir ein Mann, aber wenn mir mal einer gefiel, dann wollte ich schon schnell eine körperliche Intimität. Doch hier hatte ich ja noch keine. »Wir lernen uns gerade erst kennen.«

Wolker schaute mich an. Ich hatte ihm von Henry bisher noch nichts erzählt, was ihn sicherlich verwunderte. Umso erstaunter war er vermutlich, dass ich ihn mitgebracht hatte und hier halbnackt am Tisch saß.

Hier war schließlich nicht der Club Fatale. Da würde er mich auch so antreffen können. Im Grunde zeigte ich gerne meinen Körper, der mir selbst gefiel, auch wenn ich keine Modelmaße hatte. Aber ich war sinnlich. Ich zeigte und lebte es und Männer reflektierten auf mich. Aber ich hatte mein Beuteschema und Wolker würde wissen, dass Henry genau meine Vorlieben bediente. Allein die Art, wie Henry sprach, dieses sehr gepflegte Hochdeutsch war mir immer sehr wichtig, auch wenn ich in meiner Freizeit oft eine hessische Attitüde in meiner Aussprache hatte. Als Sprecherin, dann musste ich hochdeutsch sprechen. Aber ich musste mich nicht mehr sprachlich so abgrenzen, wie ich es noch vor Jahren tat und wohl auch brauchte. Heute war ich gefestigt. Das kam mit den Jahren. Ich dachte nicht, dass sich etwas verändern würde, wenn man die Dreißig überschreitet. Aber es hatte sich etwas verändert. Ich wusste, wer ich bin und schien mich wirklich weiter entwickelt zu haben. Ein Zustand, der mir außerordentlich gut gefiel und das strahlte ich aus. Ich hatte nie Angst vor dieser magischen Zahl gehabt, auch wenn ich meine Mutter, als sie über dreißig war, schon als alt, meine Großmutter als sie über vierzig war, als uralt empfunden hatte.

Vielleicht empfindet man sich selbst anders. Das Alter hat als junger Mensch noch keine Bedeutung und dann hat es oft einen Schrecken. Ein Dämon, der sich als völlig unsinnig herausstellt.

Henry war bereits über vierzig. Eigentlich wollte ich keinen Mann in diesem Alter, schon gar keinen mit Kind. Ich würde nicht die Ersatzmama spielen. Bewusst hatte ich keine Kinder bekommen. Das war nie mein Ding und nie mein Wunsch gewesen. Nie habe ich das Verlangen gespürt, ein Kind in mir tragen zu wollen, auch wenn ich immer noch die Chance hatte, mich umzuentscheiden. Vielleicht war einfach noch nicht der richtige Mann in mein Leben getreten. Ein Mann, der mir so viel bedeutet, dass ich mir wünschen würde, einen neuen Menschen mit ihm zeugen zu wollen, der uns beide in sich trägt.

Als Henry und ich uns kurz vor zwölf verabschiedeten, bat er mich um ein Treffen für nächste Wochenende.

»Ich würde dann gerne mal zu dir kommen. Wenn du willst, machst du was zum Essen und zeigst mir mal deine Korsagen. Ich hätte gerne eine kleine Modenschau. Hast du Lust?«

»Gerne koche ich für dich und die Korsagen zeige ich dir auch gern.«

Dann müsste ich doch noch das eine Kilo abnehmen bis dahin, dachte ich mir. Ich hasste es, wenn ich geschürt war und keine Luft mehr zum Atmen hatte, weil mein Umfang es nicht zuließ.

Am nächsten Tag hatte ich frei. Ich wollte nicht im Atelier arbeiten, hatte auch keinen Auftrag im Studio. Ich liebte es, meinen Tag einteilen zu können, wie ich es wollte. Das hieß auch ausschlafen, wenn ich es mir gönnte. Als ich zu Hause war, stöpselte ich meinen Festnetzanschluss aus und stellte mein Handy auf lautlos. So um halb zehn würde ich schon aufwachen. Ich rauchte noch eine Zigarette, putzte meine Zähne und ging ins Bett.

Nach einer Stunde war ich leider wieder hellwach. Der Fernseher lief noch. Es gab noch eine Sendung, in der über Obduktionen und interessante Mordfälle berichtet wurde. Die mochte ich, auch wenn ich wusste, dass es gar nicht gut war, sie vor dem Einschlafen zu sehen. Aber in der letzten Zeit hatte ich immer diese Schlafprobleme. Wenn ich aufwachte, war ich so von Hunger getrieben, dass ich erst wieder einschlief, nachdem ich mir den Magen voll geschlagen hatte. Ich hatte schon immer einen Keksvorrat unter der unbenutzten Decke auf meiner Nebenseite, die seit Monaten niemand mehr benutzt hatte. Aber bald wollte Henry mich in Korsage se-hen und ich musste dringend in den nächsten zwei Tagen noch ein Kilo abspecken. Das sah man bei meiner kleinen Größe immer sofort. Es war eine Quälerei. Ich hatte solchen Hunger. Wie würde ich einschlafen können, wenn ich jetzt nichts essen würde? Ich wusste es nicht. Vielleicht einfach nur ein bisschen Obst. Aber ich wusste, auch Obst setzt an. Durch den Fruchtzucker wandelt es sich in Kohlenhydrate um. Das ist nicht gut.

Ich ging in die Küche und trank mehrere Schlucke von meiner Diät-Cola. Nun wurde ich erst richtig aufgekratzt. Hatte ich doch schon im *Artcave* nur Cola getrunken. Nun machte ich die Nacht zum Tag, schaute mir weiter die Todesfälle an. Ein Mensch war verschwunden. Niemand wusste, wo er abgeblieben war. Es war ein Mord ohne Leiche. In seiner Wohnung hatte man Blutspuren finden können, obwohl sie gesäubert war. Heute war das Erkennen mit Luminol möglich. Früher wäre man im Dunkeln getappt. Vieles hatte sich in der Kriminologie weiter entwickelt. Heute waren Fälle lösbar, wo man früher die Akten zumachen musste.

Dann versuchte ich wieder einzuschlafen. Legte mich nach links, nach rechts, auf den Bauch. Fernseher an, Fernseher aus, aber ich fand keine Ruhe. Irgendwie schlief ich dann doch noch ein und wachte am Morgen völlig gerädert auf. Mein Kater lag in aller Seelenruhe neben mir, noch um halb zwölf und schaute mich an, als ob er sagen würde: »Ach lass uns doch noch ein Weilchen liegen bleiben.« Erstaunlich, bei meinen früheren Katzen war die Nacht spätestens um acht zu Ende.

Auch bei den Tieren gibt es verschiedene Wesen. Und dann stand er doch auf und folgte mir, nachdem ich aus dem Bad gekommen war, in die Küche. Die Katze hatte sich schon selbst mit Trockenfutter versorgt. Kater Franz mochte nur Nasses.

Was würde ich heute mit dem Tag anfangen? Ich hatte mir bald überlegt, dass ich nach Offenbach fahren würde, um ein paar Sachen in den Second Hand zu bringen und dort noch selbst ein wenig zu stöbern. Das war eine meiner Lieblingsbeschäftigungen. Also zog ich mich an, packte meine Sachen und fuhr los. Wir verhandelten über die von mir gewünschten Preise. Eine paar Kleidungsstücke sollte ich wieder zurück nehmen.

Während sie die Sachen raussuchte, die sie mir wieder zurückgeben wollte, stöberte ich ein wenig. Unter all dem Ramsch, den sie in ihrem Laden hatte, konnte man so dann und wann auch etwas finden. Es fast neu war, meinem Geschmack entsprach und meine Größe hatte. Aber heute war ich nicht sehr geduldig. Ich fragte mich, warum ich so fahrig war. Es konnte nur daran liegen, dass ich endlich einen Mann getroffen hatte, der mein Herz höher schlagen ließ, der mir aber trotzdem das Gefühl gab, ich sei nicht begehrenswert. Oder ließ er sich nur einfach Zeit? Zeit mich kennen zu lernen. Brachte er mir nur Wertschätzung entgegen? Oder lag Methode in dem wie er mit mir umging? Wollte er mich einfach nur durch seine Zurückhaltung hochkochen?

Ich erinnerte mich an ein Buch, das ich über S/M gelesen hatte. Ich wollte es nicht so wirklich krass, ich wollte Seele und Hingabe. Hatte ich früher gedacht, die Lust und das Verlangen sei der Schlüssel, so wusste ich heute, dass etwas Wunderbares auf Vertrauen und Achtung basiert. Und die wollte ich. Ich wollte nicht reduziert sein auf den Körper, den ich hatte und das Vergnügen, dass man im Idealfall würde mit mir leben können. Geduld war eine Tugend, die ich schwer erlernen sollte. Die hatte ich bei Robert, den ich über Monate immer wieder mal im

Artcave sah. Wie wir immer miteinander flirteten. Da war die Geduld da. Aber vielleicht lag es einfach nur daran, dass er nie wirkliches Objekt meiner Begierde war, nie dem wirklichen Beuteschema von mir entsprach. Ganz anders, als Henry. Jetzt hatte ich den Mann getroffen, den ich begehrte, voller Inbrunst und Verlangen. Alle Fasern meines Körpers sehnten sich danach, von ihm berührt zu werden und ihn zu berühren. Ich dachte an seinen Kuss. Wie bestimmend er mich an sich gezogen hatte. Schon bald war Wochenende und ich würde ihn wiedersehen. Ich durfte für ihn kochen. Er fand es gut. Er hatte mich darum gebeten. Wie gerne ich es tun würde. Ich freute mich darauf. Irgendwie war mein Zeitgefühl noch auf Mitte der Woche, als mir bewusst war, dass es doch schon Freitag war. Morgen würden wir uns sehen. Also sollte ich mir schleunigst Gedanken darüber machen, was er gerne essen würde. Drei Gänge sollten es sein und es musste natürlich etwas sein, wozu man einen Rotwein trinken könnte. Ich nahm schnell meine Sachen an mich und fuhr weiter zu der Weinhandlung, die auf meinem Weg nach Hause lag. Ich hatte sie schon oft gesehen und hier fühlte ich mich besser aufgehoben, als in einen Supermarkt. Ich wollte einen Primitivo erstehen. Ich war mir sicher er, würde sich darüber freuen. Sonst hatte ich immer nur einen Gran Reserva zu Hause, oder einige Weine, die der ein oder andere Gast mitgebracht hatte, von denen ich nicht wusste, wie sie schmeckten was immer eine Geschacksüberraschung war. Das Risiko wollte ich an unserem ersten Abend bei mir zuhause nicht eingehen. Als ich das Geschäft betrat, war nur der Inhaber da, ein kautziger Typ, mit grauen Haaren und intellektuellem Anstrich und ich trug mein Anliegen vor: »Ich bekomme am

Wochenende Besuch. Und dieser Besuch trinkt gerne Primitivo. Haben sie so was?«

»Natürlich.«

Er ging vor mir her und brachte mich in seinem kleinen Geschäft, das über und über mit Weinflaschen und Kartons vollgestellt war, zu einem Regal neben dem Kühlschrank, auf dem auch Primitivo stand. Vor dem Regal standen offene Weine zur Verkostung und Gefäße zum Ausspucken, wenn man nur schmecken und nicht trinken wollte.

»Hier sind wir richtig.«

»Wo kommt der denn her?«

»Das ist ein italienischer Wein, der in Ligurien angebaut wird, kommt aber vermutlich aus Croatien. Dort hat man die Rebsorte irgendwann entdeckt, die dort schon viel früher angebaut wurde. In den USA, in Carlifornien ist diese Rebsorte die häufigste Rotweinrebe. Sie heißt dort Zinfandel. Also die gleiche Rebe. Nur haben sie unterschiedliche Namen in den unterschiedlichen Ländern. Ein feiner Wein«, erklärte er mir.

»Aha, ich kannte ihn bisher noch nicht, habe ihn aber neulich bei ihm probiert und er hat mir sehr gut geschmeckt.«

»Ja, wenn man einen Guten nimmt, ist der schon sehr schön. Neben dem gibt es eigentlich nur den Negroamaro aus Pulia. Den sollten sie zum Vergleich auch mitnehmen. Dann können sie direkt noch was anderes aus der Gegend anbieten.«

»Ja, aber welchen soll ich dann nehmen?«

»Tja beim Wein ist das immer so. Es gibt natürlich die großen Reben, zu denen der Primitivo nicht zählt. Das sind dann immer die großen Weine. Aber eigentlich gilt: Er muss einfach schmecken. Probieren sie doch mal. Ich kann ihnen verschiedene anbieten.

Fangen wir doch mal mit diesem an: Der Wein wurde nach einer dreiwöchigen Maischzeit in kleinen Holzfässern zwölf Monate lang reifen gelassen, bevor er in die Flasche kam. Der ist vom Preis ziemlich weit oben angesiedelt, aber das ist ein ganz feiner Wein.« Er goss mir ein und gab mir zu trinken. »Er schmeckt nach reifen, schwarzen Beeren und Kirschen, mit einer Note von Gewürzen, Süßholz und Vanille.«

Er war schwer, samtig und ich schmeckte exakt die Note der Früchte und Gewürzen heraus.

»Wissen sie, die Rebe dieses Weines wird geerntet und diese Traube hat eine Besonderheit. Die Traube entwickelt verschieden große und auch ungleich gereifte Beeren im Erntezustand.«, führte er weiter aus. »Und? Wie ist dieser für sie?«

»Mir schmeckt er gut.«

»Der hier, der hier schmeckt ein wenig nach Zimt und Nelken mit einem Hauch von Pfeffer.«

Ich probierte auch diesen. Er schmeckte deutlich nach dem was er mir beschrieben hatte und ähnlich dem Wein, den Henry mir angeboten hatte. Ein weiterer schmeckte wieder eher beeriger und hatte einen Kräutergeschmack, soweit ich es nach den Ausführungen schmeckten konnte.

»Ich weiß nicht, für welchen ich mich entscheiden soll. Aber wissen sie was? Ich nehme alle drei, die ich jetzt probiert habe und noch eine Flasche von dem Negroamaro. Gibt es denn ein Essen, was besonders dazu passt?«, fragte ich ihn auf dem Weg zur Kasse.

»Da gibt es ganze Bücher darüber. Es kann passen oder das ganze Essen und den Wein nicht schmecken lassen. Aber beim Primitivo können sie nicht viel falsch machen. Schauen sie doch am besten im Internet. Gerne zeige ich ihnen auch ein paar Bücher darüber welcher Wein mit welchen Speisen korrespondiert.«

Dies nahm ich aber nicht in Anspruch. Ich nahm meine Weineinkäufe, setzte mich wieder in Bewegung und überlegte, ob ich denn vielleicht schon einmal schaue, was ich morgen kochen könnte, aber ich entschied mich, erst einmal einen Blick ins Internet zu werfen. Ich wollte doch keinen Fehler machen. Vielleicht wäre ich dann schlauer.

Auf der Fahrt nach Hause spürte ich meine Vorfreude auf den morgigen Abend und wurde immer erregter. Hätte ich eine Beziehung mit ihm oder wenigstens eine Spielbeziehung oder Affäre, dann hätte ich ihn angerufen und zu mir gebeten, um ihn zu spüren. Wir waren weit davon entfernt, aber ich stellte mir immer mehr vor, wie es wäre, würde er mich anfassen. Ich dachte an das Buch, das ich darüber gelesen hatte, das mich schon kickte, als ich es las. Ich wollte schnell nach Hause, wollte mir vorstellen, wie es mit ihm wäre. Ich dachte an das, was ich gelesen hatte: `...die rhythmischen Bewegungen, als dirigiere er ein Orchester. Kleine kurze Schläge wechselten sich ab mit den harten, lauten...lauter kleine Peitschenhiebe, kleine Spielereien auf ihrem Hintern.` Mit diesen Bildern im Kopf lief ich schnurstracks in mein Schlafzimmer, holte meine Gerte aus dem Schrank und schlug mir selbst auf den Hintern, stellte mir vor, er sei es. Die kleinen Hiebe auf meinem Hintern von seiner Hand. Mein Hintern würde warm. Oh wie gerne hätte ich es jetzt von ihm gehabt. Und dann stellte ich mir vor, wie er vor mir knien würde, seinen Kopf ge-senkt, seine Hände hinter ihm auf dem Rücken. Wie ich seinen Kopf nach oben ziehen würde und ihm über sein Gesicht lecken würde, wie ich jeden Zentimeter seines Gesichtes erkunden würde. Ich würde ihn riechen, ihn schmecken. Ich wollte ihn so sehr.

Ich wollte die Frau an seiner Seite sein, die, die die Gerte aus seiner Hand auf ihrem Hintern spürt und er, der die Schläge auf seinem Körper spüren wür-de. Nicht nur hingeben wollte ich mich ihm, nein, auch er sollte sich mir ergeben. Ich stellte mir vor, wie ich vor ihm stand, sein Gesicht zwischen meine Beine brach-te und er meine Scham mit seinem Mund erkunden würde, wie er mich leckte, bis ich völlig von Sinnen explodieren würde. Ich fing an, mich zu reiben. Immer mehr spürte ich, wie er mich leckte, seine Zunge an mir und in mir, wie er herausfand, wie es schön für mich war. Ich wollte mich ganz ergeben und dankbar sein für jede Freude, die er mir schen-ken würde. Von seinem Mund, getrieben von seiner Gier nach mir. Ich würde nichts sehnlicher wollen, als diese Lust nach mir und er würde mir das geben wol-len, was mich anmachte. Alles wollte ich von ihm, all das sollte ihm gehören. Ich spürte Hände auf meinen Brüsten, die sich weich und warm anschmiegten. Brüste, die sich danach sehnten, von ihm berührt zu werden. Die sich danach sehnten, von ihm liebkost zu werden. Sanft, zart, mit Innbrunst, seine Lust füh-lend. Hart, seine Dominanz spürend. Berührungen, die mich gieriger machen würden, nach mehr, nach immer mehr. Seele und Körper miteinander verbin-dend. Wenn ich seine Stimme hören würde, wenn ich seine Worte vernehmen würde, die mir sagten, was ich zu tun hatte, die meinen Kopf weiter von Sinnen betören würden. `Ich will dich so sehr in mir. Ich will alles an dir fühlen. Jeder Zentimeter meiner Haut scheit nach dir. Ich will dich, ich will dich, ich will alles mit dir, von dir und ich will, dass du mich nimmst, will mich in deinen starken Armen geborgen fühlen, mich fallen lassen, bis du vielleicht wieder zuschlägst, bis du mir wieder gibst, was ich brauche. Seit ich dich kennen gelernt habe, wieder brauche.` Ich rieb mich immer weiter, rieb mich, fühlte seinen Atem, in meinem Kopf hörte ich seine Stimme, die mir sagt, ich solle kommen. Ich hechelte, stöhnte vor mich hin und ich kam.

Ich hatte mich ins Bett fallen lassen und war eingeschlafen. Seine SMS holte mich aus dem Schlaf. Er fragte mich, wie es mir gehe, ob ich schon mit den Vorbereitungen für morgen beschäftigt sei und ob er etwas mitbringen solle. Nein, schrieb ich ihm, ich hätte alles besorgt, auch Wein.
Ich ließ mir ein Bad ein und suchte in meinen Rezeptbüchern nach etwas Feinem für den morgigen Abend, und wurde fündig. Ich entschloss mich, eine andalusische Traubensuppe zu kochen. Weißbrot hatte ich noch da. Es war hart. So konnte es perfekt verarbeitet werden. Und Weintrauben hatte ich sowieso meist im Haus. Wenn ich Käse aß, aß ich sie immer gerne dazu. Knoblauch und Mandeln sollten noch in die Suppe. Beides hatte ich da. Also die Vorspeise war schon mal geklärt.
Dann überlegte ich mir, als Hauptgang Hirschfleisch zu servieren. Das würde ich im Supermarkt im

Ostend bekommen. Ein schönes Filet, das würde man kurz anbraten können, mit einer schönen Rotweinsauce. Dazu könnte ich den billigen Gran Reserva nehmen, den ich noch da hatte. Den Primitivo wollte ich noch geschlossen lassen. Er sollte entscheiden, welchen der drei wir dazu trinken wollten. Auswahl hatte ich ja jetzt genug. Wieder klingelte mein Handy. Eine weitere SMS von ihm war gekommen: ich solle mich gut vorbereiten für die Korsagenmodenschau, die ich ihm versprochen hatte. Vielleicht sollte ich mir schon vorher alles zurecht legen, denn ich wollte zu den Korsagen die passenden Strümpfe, Röcke, Schuhe und Schmuck tragen. Es sollte eine Inszenierung werden. Vielleicht eine passende Musik aussuchen, oder wäre das alles zu übertrieben? Etwas weniger ist oftmals mehr. Aber mir stand der Sinn nach einem besonderen Abend. Nach einem Abend, den er nicht vergessen würde. Irgendwie hoffte ich, dass irgendetwas passieren würde. Würde ich den Duft von Erotik in die Luft legen, dann könnte es ihn entzünden, würde vielleicht sein Feuer wecken und er würde nicht anders können, als mich endlich anzufassen. Ich war freudig erregt. Ich entschied mich für Inszenierung, für den großen Auftritt. Wir könnten ja vorher beim Essen reden, da hätten wir genug Zeit. Und als Nachtisch wollte ich dann das Zimteis machen. Nur war gerade keine Pflaumenzeit und zu Zimteis stellte ich mir eine warme Pflaumensauce wunderbar vor. Aber ich könnte auf dem Markt eine schöne Pflaumenmarmelade holen und die dann warm machen. So wollte ich es ma-chen. Ich ging zu meiner CD-Sammlung und überlegte, welche Musik ich zu meiner Modenschau auflegen würde. Ich entschied mich für *das Testament* von *E Nomine*. Das wäre gut und genau passend. Und zum Abendessen was Leichtes, etwas, das man so nebenher würde laufen lassen können. Ich dachte an Bach oder Händel. Ich würde ihn fragen, wo-nach im sei. Aber ich würde ihm einen der beiden vorschlagen. Oder würde so etwas vielleicht gar nicht seinen Geschmack treffen? Als ich bei ihm zu Besuch war hatten wir überhaupt keine Musik an. Naja, wenn nicht, dann werde ich ihn dafür begeistern. Ich machte mir noch schnell eine Einkaufsliste. Ich wollte noch kleine Kartoffeln kaufen, die ich ungeschält kurz kochen und dann mit Rosmarinzweigen in den Backofen geben wollte. Prinzessböhnchen könnten gut dazu passen. Die würde ich mit Bacon ummanteln, auf gleiche Länge schneiden, kurz blanchieren und kurz andünsten, so dass nur der Speck eine leichte Kruste bekommen würde. Ich war erleichtert. So könnte der Abend gelingen. Die Wohnung war aufgeräumt, aber putzen musste ich dennoch und so machte ich mich lieber heute als morgen daran. Nicht dass ich vielleicht morgen vor lauter Aufregung unter Stress geraten würde. Einkaufen musste ich ja immerhin auch noch und ich wollte vielleicht auch noch zum Friseur gehen. Der föhnte meine Haare immer am besten. Ich bekam es nicht so hin. Vielleicht sollte ich die Haare ungefönt lassen und lockig. So hatte er mich noch nicht gesehen. Zu einem erotischen Abend konnte ich mir eine wilde Mähne gut vorstellen.

Nach meinen Vorbereitungen rief ich Alina an und verabredete mich mit ihr. Sie wollte sich meine Skulptur ansehen. Ich hatte ihr erzählt, dass der Farbaufstrich diesmal anders ausgefallen sei und durchaus nicht schlecht war. Ihr gefiel er auch gut, als sie kam und ihn sich anschaute. Dann entschieden wir uns noch, einen Spaziergang zu machen, der dann in einen Walkinglauf ausuferte bis wir völlig außer Atem bei unserem Lieblingsspanier ankamen und ein paar frittierte Tintenfische zu uns nahmen. Ich mit roter Mocho und Ajoli, sie mit Ketch-up. Unser Kellner wusste schon, dass sie Knoblauch verabscheute. Wir nahmen zwei kleine Cola ohne Zitrone und eine große Flasche Wasser wie immer.

Meinen nächsten Tag begann ich ganz gemächlich. Ich fuhr Einkaufen, bekam alles, was ich auf meiner Liste hatte. Zum Frisör ging ich nicht, da ich entschied die Haare lockig zu tragen. Ich traf mich mit Alina zu einem kleinen Mittagessen beim Chinesen. Da gab es Mittagsgerichte, die für unter fünf Euro zu haben waren. Sehr vielfältig. Wir teilten uns Hühnerfleisch süß-sauer mit Gemüse. Sonst musste man sich den Rest immer einpacken lassen, weil es zu viel war. Anschließend besuchten wir obligatorisch den Markt, tranken unseren Saft und fuhr ich ziemlich früh nach Hause, am Supermarkt vorbei und dann legte ich mich zuhause ein Weilchen hin. Ging in die Badewanne. Ich benutzte mein Algen-Duschgel aus italienischen Algen, von dem ich nur noch einen kleinen Rest hatte, das aber besonders roch, stellte dabei fest, dass die Begegnung mit Henry ein ständiges Resteverbrauchen wurde. Auch das *Rive Gauche* beim ersten Treffen war so etwas.

Ich rasierte meine Scham und entledigte mich eines jeden Haares an meinen Beinen, das ich finden konnte. Meine Haut sollte nicht eine Spur von Stoppel haben. Auch die wenigen Armhaare, die ich noch hatte, entfernte ich.

Nach dem Bad cremte ich meinen Körper ein, was ich sonst vernachlässigte, aber ich wollte ihm einen wunderbar behandelten Körper präsentieren.

Die Korsagenmodenschau war nun genau vorzubereiten. Es dauerte eine geschlagene Stunde, all das zusammen zu suchen was ich ihm zeigen wollte.

Ich überlegte mir noch, welche Aufmachung ich zu welchem Stück des Liedes zeigen wollte, verwarf es aber wieder, eine präzise Abfolge zu proben. Das war des ganzen doch ein wenig zu viel.

Die Suppe war schnell vorbereitet. Ich musste sie am Abend nur warm machen. Ich deckte den Tisch in Pastellfarben, machte mich zurecht, trug ein enges schwarzes Kleid mit hohen schwarzen Pumps in bordeaux und schwarz und fieberte Henry entgegen.

Er kam pünktlich und gab mir diesen lang ersehnten besitzergreifenden Kuss. Henry hatte einen eisgekühlten Crémant mitgebracht, den wir gleich öffneten. Meine Wohnung hatte ich parfümiert und in Weihrauch gehüllt. Überall hatte ich Kerzen angezündet, um eine schöne verführerische Atmosphäre zu schaffen.

Wir stießen an und ich merkte schnell die Wirkung des Alkohols. Ich hatte außer dem Bissen beim Chinesen nichts gegessen.

Ich hatte mich für Barmusik entschieden, die uns umschmeichelte. Nachher würde es noch sakral werden. *Das Testament* von *E Nomine* hatte ich nicht gefunden.

»Du hast dir ja richtig viel Mühe gegeben«, lobte Henry, nachdem er die Suppe genossen hatte und ich begann den Hauptgang vorzubereiten.

»Hat sie dir geschmeckt?«

»Sehr ungewöhnlich, eine süße Suppe zu essen, aber sie hatte einen sehr interessanten Geschmack.« Auch das Filet vom Hirsch schmeckte ihm gut. Er kannte es nicht, war aber von der Zartheit des Geschmacks beeindruckt.

»Aufmerksam, dass du einen Primitivo besorgt hast. Wo hast du den her?«

»Von der Weinhandlung Richter. Ich weiß jetzt fast alles über diese Rebe, zum Beispiel dass sie ursprünglich aus Croatien kommt.«

»Ja, das stimmt. Man hat ihn wohl das erste Mal in Croatien angebaut. Aber viel wichtiger ist, dass er dir auch gut schmeckt. Wenn du willst, können wir ja mal zu einem Weinabend gehen. Da gibt es bald wieder einen. Da können wir verschiedene Weine probieren und es gibt dazu noch etwas Feines zu essen. Ich glaube, bald gibt es so einen Abend. Ich schaue mal und sage dir noch Bescheid.«

Das Eis war mir auch gut gelungen. Ich hatte zu dem Zimt in das Eis auch noch ein wenig Honig gegeben und hatte die Pflaumenmarmelade erwärmt und mit einem Schuss Pflaumenlikör verfeinert.

Dann sollte der Höhepunkt des Abends kommen.

»Henry, hast du jetzt Lust auf die Modenschau?«, fragte ich ihn.

»Ich warte schon sehnsüchtig darauf.«

»Lass dich überraschen.«

Henry stand auf und setzte sich auf das Sofa.

Ich dunkelte den Raum noch ein wenig ab und startete die Musik *Das Beste aus E Nomine*. Sakral begann es wie eine Götterdämmerung:

Die tiefe Stimme begann ihren Sprechgesang:

Als die Völker des Abendlandes sesshaft wurden und ihre Reiche gründeten, verblasste allmählich der Glanz der alten Götter. Fortan regierte nur noch ein Gott. Der Allmächtige. Der Herr der Christen. Doch während dieser eine Glaube unaufhaltsam die Herzen der Völker eroberte, brannte der Teufel sein Mal in das Fleisch der Ungläubigen. Dies ist die Geschichte der Menschheit. Gottes Betrag und des Teufels Werk.

Und der Chor begann seinen Gesang.

Der Bass dröhnte aus den Lautsprechern: *e nomine Filius et Patris et spiritus sancti*

Nach einiger Zeit kam ich mit meinem ersten Outfit. In einem schwarzen, gerafften langen Rock, silbernen Schuhen und einer silbernen Korsage mit schwarzer Spitze, langen, schwarzen Spitzenhandschuhen. Auch hatte ich einen Spitzenregenschirm. Ich lief auf ihn zu, drehte mich, blieb stehen, drehte mich wieder und tanzte zur Musik.

Vater unser, denn dein ist dein Reich und die Kraft und die Herrlichkeit, in Ewigkeit. Amen.

Dann zurück in das Schlafzimmer, wo ich mich wieder schnell entkleidete und das nächste Ensemble anzog. Einen schwarzen Rock aus glänzendem Stoff, an den Seiten gerafft, hinten lang und vorne kurz, eine Korsage aus rosa und schwarzen Streifen, hohe schwarz-weiß gestreifte Halterlose und schwarze hohe spitze Schuhe mit Riemen, dazu böhmischen schwarzen Glasschmuck mit passenden Ohrringen.

Mitternacht Hahahahaaaa Wenn die Gondeln Trauer tragen. Und es hallt der toten Klagen. Tief im Nacken das Grauen sitzt.

Wieder das gleiche Spiel. Ich kam rein, lief zum Takt der Musik, bewegte mich dazu.

»Wow, Charlotte, du haust mich um.« Das hatte ich

beabsichtigt. Ich sah in seinen Augen sein Verlangen blitzen. Bewundernde Blicke auf meinem Körper.

Das nächste Bild zeigte mich in einem durchsichtigen blauen Seidenorganzarock mit passender Korsage in Blau, mit Stickereien und Perlenschmuck um den Hals.

Als letztes kam ich mit Strapsen, Overkneestiefeln aus Lack, kurzem Tüllhöschen und einer zweiteiligen Korsage aus grünem Stoff, was eine wunderbare Zeichnung der Kurven machte.

Komm zu mir, komm zu mir in mein dunkles Reich.
Komm zu mir, komm zu mir in mein dunkles Reich.
Eine weibliche Kopfstimme sang im Hintergrund, dann setzte fast eine Marschmusik sakral ein.

Sanct peterus randus est.
Posaunen drangen zu uns. Ich kam in den Raum, mit einer Gerte in der Hand. Wie Rita Hayworth mit ihrem Handschuh in den Händen. Ich tanzte einen halben Striptease. Angezogen, verführerisch.

Außer Atem stand ich vor ihm. Er streckte seine Hand aus, nahm mir die Peitsche aus der Hand.

»Geh zum Tisch.«

Ich gehorchte und blieb an der Kante stehen.

»Beug dich!«

Ich tat was er sagte, beugte mich über die Tischplatte. Meine Hände streiften die Kante.

»Leg sie nach vorne.«, befahl er mir.

Er drückte meinen Kopf nach unten und strich über meinen Kopf hinab über meinen Rücken zu meinem Po. Fasste in meine Haare und drehte den Kopf in kreisende Bewegungen, zog ihn nach hinten und drückte ihn dann wieder nach unten.

Nun streichelte er meinen Po, ging mit seiner Hand zwischen meine Beine und rieb mich ein wenig. Ich saugte jede Berührung in mich ein und genoss. So lange hatte ich keine Hände auf mir gespürt und ich genoss jede noch so winzige Berührung.

Jegliches Denken war aus meinem Kopf verschwunden. Ich war einfach nur in meinem Verlangen nach ihm und dem, was er endlich mit mir tat. Im Hintergrund diese wunderbar passende Musik, die mich schon beim Hören in eine andere Sphäre brachte. Ihn jetzt dazu zu spüren, es konnte nicht herrlicher sein.

Es ist das Tier in mir, es weckt die Gier nach dir.

Tief in der Nacht die funkelnden Sterne. Ein süßer Geruch zieht mich in die Ferne. Halb acht, wenn ganz sacht meine Glut entfacht und der Jäger in mir erwacht.

»Du wirst doch nicht etwa schon gierig sein?«, fragte er mich streng und lächelnd.

Ich antwortete zunächst nicht. Was hätte ich auch sagen sollen. Natürlich war ich gierig, so gierig, dass ich es kaum ertragen konnte.

»Ich habe dich was gefragt, willst du mich verärgern?«

»Ja Henry, ich bin gierig.«

»Ich denke, dass ich dich heute ein bisschen verhaue. Was meinst du?«

»Alles, was du willst.«

»Alles, was ich will? Bist du da nicht ein bisschen unvorsichtig?«

Auf einmal war da nackte Angst. Ja, ich war unvorsichtig. Was würde er nur alles mit mir tun können? Wenn er mich nun fesseln wollen würde, was würde ich tun?

Er zog mich nach oben.

»Zieh dich aus!«

Ich tat, was er sagte, Langsam entledigte ich mich jedes meiner Kleidungsstücke. Dann stand ich fröstelnd vor ihm. Er berührte mit der Spitze der Gerte meine Nippel. Ich bebte vor Lust. Ich hatte die Augen geschlossen und fühlte nur, was er mit mir tat und wartete, was er als nächstes wohl mit mir vorhaben würde. Das Erleben und Wünschen kickte mich gleichsam.

Er hielt inne und ich spürte ein hartes Ziehen an meiner Brustwarze, dann zwickte er mich fest, so fest, dass ich laut aufstöhnte.

»Es ist dir doch nicht etwa zu fest?«

»Ein wenig, aber es ist schön.« Er sollte mich einfach nur berühren, gleich wie, egal wo, ich wollte ihn spüren, spüren, immer nur seine Hände oder was auch immer an mir dran. Ich genoss es so sehr.

»Mach deine Beine breit!«

Ich brachte sie auseinander und verharrte.

»Und nimm die Arme hinter deinen Kopf!«

Ich öffnete kurz meine Augen und sah, wie er mich betrachtete.

»Ich kann mich überhaupt nicht satt sehen an dir. Du bist so wunderbar sinnlich. Und ich werde dich noch sinnlicher machen. Wenn wir miteinander spielen, wirst du strahlen und alle werden es sehen. Ich werde deine Augen zum Glänzen bringen.«

Jetzt waren seine Hände zwischen meinen Beinen. Er brachte meine Schamlippen auseinander und zog an einer von ihnen.

Er nahm die Gerte und schlug mitten auf meine Öffnung.

»Au!« Ein beißender Schmerz drang durch meinen Körper.

»Hat dir das wehgetan?«

Wieder spürte ich einen Schlag zwischen meinen Beinen.

»Daran wirst du dich gewöhnen müssen.« Wieder ein

Schlag. Ich war hart an der Grenze dessen, was ich aushalten konnte. Dennoch war ich erregt. Nun wurden seine Schläge weicher, dafür schneller. Ich spürte mein wallendes Blut zwischen meinen Bei-nen, als sei es aus meinem ganzen Körper jetzt nur noch dort. Und dann fühlte ich wieder seine Hände zwischen mir, wie sie mich sanft streichelten. Schön war diese Sanftheit nach der Härte. Es war genau das, was es zu dem machte was es war: Peitsche und Zuckerbrot. Er nahm mich in seine Arme, streichelte meine Haare.

»Gut gemacht Charlotte. Das werden wir weiter ausbauen.«

Ich wusste, unser kurzes Spiel war nun erst einmal zu Ende und wollte mich schon anziehen.

»Nein, du bleibst wie du bist.« Er setzte sich auf den Stuhl. Schob meinen Stuhl zu sich heran, trank einen Schluck Rotwein. »Setz dich Charlotte und öffne deine Beine.« Er schaute mich an und lächelte: »Ich mag es, wenn es so rot ist.«

Ich fühlte die Nässe zwischen meinen Beinen. Bibbernd vor Lust saß ich vor ihm und wünschte mir nichts sehnlicher, als ihn wieder zu spüren. Fragend sah ich ihn an.

»Charlotte, was hälst du davon, wenn du mir einmal deinen Dildo zeigst, mit dem du es dir machst?«

»Soll ich einen holen?«

»Ja.«

»Aber es gibt verschiedene. Ich habe sie in meinem Schrank.«

»Wie viele hast du denn?«

»Im Laufe der Zeit haben sich einige angesammelt.«

»Mehr als drei?«

Ich wurde rot »Ja, mehr als drei.«

»Dann suche drei davon aus und bringe sie mir.«

Ich ging in mein Schlafzimmer und kramte in meinen Tüten. Sie waren ungeordnet. Das sollte anders werden, wenn er mein Spielzeug würde sehen wollen, dann musste ich schleunigst Ordnung machen. Doch in all dem Durcheinander fragte ich mich, welche ich ihm zeigen sollte. Sie waren alle ein wenig gewöhnlich. Ich hatte lange nichts mehr neu erstanden und jetzt stellte ich fest, dass das, was ich hatte, nicht mehr besonders attraktiv war. Das müsste sich ändern. Ich wählte einen aus, der aussah wie eine Art Kaktus in Beige mit Noppen, der schön kreiste, wenn man ihn anmachte und der zudem noch eine Klitorisstimmulation hatte. Einen weiteren gebogenen in Korallenrot, und noch einen einfachen schwarzen, der einer erigierten Männerrute natürlich nachgeformt war. Mit der Auswahl ging ich zurück ins Wohnzimmer.

»Aha, das sind also deine Lustmacher. Und hast du auch Gleitcreme mitgebracht?«

»Nein, sollte ich?«

»Wird schon gehen. Setz dich wieder hin und mach die Beine breit.«

Er stand auf und fuhr mit seinem Finger meine Spalte entlang.

»Gott, bist du nass!«

Die Dildos lagen bereit auf dem Tisch, aber mich erregte es schon so, seine Finger an mir zu spüren. Er rieb weiter in mir entlang, blieb an meinem Köpfchen hängen und rieb es ein wenig, um dann wieder in mich einzutauchen. »Welchen hast du davon am liebsten?«

»Den Beigen.«

Er nahm ihn in die Hand, begutachtete ihn und stellte die Vibration ein.

»Ziehe deine Schamlippen auseinander«

Wie befohlen, folgte ich der Anweisung und öffnete mein Inneres für ihn. Wieder spürte ich seine Finger an mir dran, fühlte, wie er in mich eindrang und seine Finger kreisen ließ. Es war herrlich. In der anderen Hand hatte er den Dildo, machte die Vibration aus, brachte ihn vor meinen Spalt und ließ ihn langsam in mich eindringen Er schob meine Hände beiseite und hielt jetzt selbst meine Schamlippen fest. Dann stellte er wieder die Vibration ein. Ich fühlte die kreisenden Bewegungen in mir. So oft hatte ich ihn benutzt, aber durch ihn war es so viel intensiver und schöner. Ich genoss es in vollen Zügen. Mein Blick verschleierte sich und ich ließ mich einfach nur in das Gefühl fallen, das mich überkam.

Kurz hatte ich die Augen geschlossen, als ich ein heißes Brennen auf meiner Brust spürte. Ich öffnete die Augen. Er hatte vom Tisch eine Kerze genommen deren Wachs er auf meine Brüste tropfen ließ. Der Schmerz und die Lust zwischen meinen Beinen vermischten sich zu einer unglaublichen Sinnlichkeit.

»Ja, Charlotte, genieß es. Ich will dich beben sehen.«

»Henry, ja, schön«, stammelte ich außer mir.

»Du willst doch nicht schon etwa kommen?«

»Gleich«, rang ich um meine Stimme.

Er zog den Dildo aus mir heraus und setzte sich wieder auf seinen Platz. Er schaute mich an, kam vor mein Gesicht und küsste mich leidenschaftlich. Wie gewohnt hielt er meinen Kopf ganz fest, zog mein Gesicht an den Haaren nach hinten. Wieder spürte ich einige Wachstropfen auf meinem Körper. Brandheiß, sehr schmerzhaft nahm ich es wahr. Dann spürte ich wieder seinen Finger in mir, wie er sich vor und zurück bewegte. Und immer dann, wenn ich kurz davor war, wenn ich anfing, stärker zu stöhnen, hörte er auf und verharrte in mir. Ich spürte seine Zunge an meinem Gesicht. Er leckte meine Wange und ging dann zu den immer noch schmerzenden Wachsstellen und umkreiste auch diese. Und wieder bewegte er seinen Finger in mir. Und dann, als ich dachte, dass er wieder verharren würde, wurden seine Bewegungen noch stärker und intensiver, so intensiv, dass ich meine Lust herausschrie.

»Henry, ja, ja, ist das gut, du machst mich wahnsinnig.«

Dann ließ er mich verharren, hatte immer noch seinen Finger in mir. Ich blieb sitzen. Mein Herzschlag raste und ich genoss das Danach. Er nahm seinen Finger aus mir heraus und gab ihn mir: »Leck ab, leck deine Geilheit ab.« Es schmeckte gut. Es war nass. Und ich war glücklich.

Die Woche über hatte er viel zu tun. Er war geschäftlich viel unterwegs. Ich arbeitete viel und war abends meist im *Artcave*. Die Frauenmänner vom Stammtisch rundeten den Donnerstagabend das Ganze ab. Wir hatten einen schönen »Mädchenabend«, an dem Manoun, Alina, Pia und ich die einzigen Biofrauen waren.

Henry schickte eine SMS und ich schrieb ihm zurück, ich sei im *Artcave* und wir seien Frauenge-spräche vertieft.

»Charlotte, es gibt einen Mann in deinem Leben?«, wollte Marina wissen.

»Ja, wir sind in der Kennenlernphase.«

»Ach, und? Erzähl! Wie ist er?«

»Das weiß ich noch nicht, aber ich glaube, es erwischt mich gerade. Er ist halt mein Beuteschema.«

»Und läuft da schon was?«, fragte Pia.

»Na ja, es fängt gerade an.«

»Ach, sag jetzt bloß nichts über Sex, Frau Obermutter. Da sage ich sehr schön, sehr vielfältig«, spöttelte Pia.

»Ja,ja.«

»Na und was für Erotik hast du denn? Haus und Hoferotik? Fetischerotik?«, fragte Pia weiter.

»Ach, kannst du zu allem etwas sagen?«, fragte Alina Pia.

»Na klar.«

»Und was fällt dir da so ein?«, wollte ich von Pia wissen.

»Ja Kruzifix, Eiche rustikal, Doppelbett. Bitte noch den Priester vor dem Bett. Der guckt dann, ob die Ehe denn auch vollzogen wurde, vorher natürlich nicht. Daunenbettwäsche, so Marke fünf Kilo. Wir reden ja hier von Ehepaaren. Und dann natürlich nur an den fruchtbaren Tagen, sonst darf man das ja nicht. Und hoch die Decken, schön züchtig sonst bekleidet, denn man darf ja nichts sehen. Das ist doch nett, oder?«

»Und auch schön das Licht aus«, warf Anne ein.

»Ja, so wie es die normale Hausfrau tut, wenn sie es tut..«

»Und was macht dann die normale Hausfrau, wenn der Ehemann sagt: Schätzchen wir lassen heute mal das Licht an?«, Marina sah Pia an.

»Migräne!«

»Oder sie denkt, er war bei einer anderen.«

»Und wenn sie denkt, er war bei einer anderen, dann würde ich zu ihm sagen: so mein Schatz und ich werde mir jetzt ein Leckerchen holen und du wirst zugucken und erst dann sind wir quitt. Und erst dann reden wir weiter«, spann Pia fort. »Kommt ja ganz darauf an, wie die Hausfrau drauf ist, ob sie sich traut. Und wenn nicht, dann hat sie ein Problem.« Ich schaute zu Alina und stellte zum wiederholten Mal fest, dass sie gerade einen wunderschönen Gesichtsausdruck bekam. »Alina sieht wieder wundervoll aus und strahlt. Sie ist wirklich die Königin der Nacht. Es ist auch immer wieder fast die gleiche Uhrzeit, zu der ich ihr das sage.«

»Ja«, freute sich Alina. »Das sagt du immer dann.«

»Ob das am Alkoholpegel liegt?«, fragte Pia

»Nein, ich trinke draußen fast nie Alkohol.«

»Ich meinte auch sie.«

»Sie trinkt auch keinen Alkohol.« Sagte ich lachend und alle lachten mit.

»Und das immer um die gleiche Zeit?«

»Ja, irgendwann fängt es an und dann wird sie so besonders.«

»So strahlend?«

»Ja, so strahlend.«

»Tja, das sind die guten Zeiten der Frau.«

»Es gibt die guten Zeiten und die schlechten Zeiten«, erklärte Pia.

»Und wann sind die guten Zeiten?«, wollte ich wissen.

»Wenn sie verwöhnt wird.«, sagte Anne, worauf Pia erwiderte: »Kann auch lästig werden.«

»Jetzt bekommst du wieder eine Gänsehaut. Es schüttelt dich doch schon wieder vor lauter Bindungsangst? Nicht wahr Pia?«

»Habe ich euch eigentlich schon gesagt, wie sehr ich dieses Weib liebe?«, antwortete ihr Pia. Darauf wurde sie gezwickt und gepickst. Alle lachten und auch Pia fiel in unser Lachen ein: »Hörst du denn jetzt aber auf!«

Und ich: »Manoun, zu denen setze ich mich öfter, ist das schön.« Und bemerkte dunkle Flecken an meinem oberen Unterarm, dort wo ich auf der Messingumrandung des Tisches meine Arme abgelegt hatte. »Was ist denn das?« Manoun war mit Getränkebringen beschäftigt und völlig entsetzt, denn außer mir hatte auch Pia schwarze Unterarme.

»Oh Gott, da hat meine Hilfe es wieder gut gemeint und die Reinigungspaste nicht richtig abgewaschen.« Sie rannte in die Küche nach hinten und kam mit langen Gummireinigungshandschuhen und einem Lappen bewaffnet zurück und rieb aus Leibeskräften die Stange blank. »So was darf nicht passieren, das hat sie schon mal gemacht. Wer ist alles betroffen?« Und Pia und ich wurden einer Putzerei der Unterarme unterzogen und schnell saßen wir wieder sauber da.

Anne nahm als erste wieder das Gespräch auf:

»Mädels, ich habe heute einen guten Witz gehört:

Ein Vater geht mit seinem kleinen Jungen im Wald spazieren. Als er ein Hundepaar sieht, beim begatten. Auf die Frage an den Papa, was das soll, sagt dieser, »Die machen kleine Hunde.« Nachts, als er nicht schlafen kann, geht er in das Schlafzimmer seiner Eltern und erwischt sie beim Sex und er fragt, was sie denn da machen. »Wir machen dir ein Geschwisterchen«, antwortet der Papa. Da sagt der kleine Junge: »Papa, dreh die Mama schnell um, ich will lieber ein kleines Hündchen.« Allgemeines Gelächter, wir waren sowieso alle gut drauf. Manoun lachte auch mit, reinigte uns wiederholt die verschmutzten Arme. »Ich hätte darauf achten müssen, ich weiß ja, dass ich immer nachpolieren muss. Ich bin daran schuld.« Polierte sie weiter die Stange.

Pia kommentierte gleich wieder: »Sie ist schuld. Ich liebe die Sünde. Ich bin schuldhaft und schwarz wie die Süde.« Und hörte gar nicht mehr auf sich darüber auszulassen:

»Und die Sünde ist schlecht. Vielleicht ist sie auch göttlich? Wer sagt uns denn was gut und schlecht ist? Vielleicht gibt es ganz andere Wahrheiten, nur die ließen sich nicht so gut verkaufen. Das hat auch was mit Macht zu tun. Wenn jemand ein schlechtes Gewissen hat, ist er wie eine Marionette. Das schlechte Gewissen macht den Menschen biegsam. Das ist immer wieder ein gern vorgetragenes Thema von mir.« Sie schaute mich an: »Kommst du eigentlich zu meiner Lesung. Ich habe das Thema Adam und Eva von Mark Twain.«

Ich schaute zu Alina: »Ja, wenn du willst, wir hatten doch, soweit ich weiß, Manoun schon Bescheid gegeben.«

»Ja Mädels, ich habe euch schon auf der Liste.«

»Ach, da freue ich mich. Das wird bestimmt lustig.«

»Manoun. Ich fragte auch Henry, ob er mitkommen möchte. Nur erinnert mich bitte daran, ich vergesse es immer so schnell.«

Aber noch in der Nacht teilte ich Henry den Termin mit und er antwortete mir, dass er es sich einrichten werde und mitkommen möchte. Schön, dass er meinem Geschmack vertraute.

Es war erstaunlich, wie ich die Zeit ohne Henry verbrachte, ohne ihn wirklich zu vermissen, auch wenn ich viel an ihn dachte. Ich freute mich über jede kleine SMS und jeder Anruf ließ mein Herz höher schlagen. Ich war nicht im Mangel, aber ich dachte oft daran, wie es wäre, wenn wir endlich miteinander schlafen würden. Ich hatte nach langer Abstinenz Entzugserscheinungen und nun war dieser Mann in mein Leben getreten, den ich so sehr begehrte. Ich hatte es mir gewünscht. Und nun war er da. Dienstag war er wieder in Augsburg und er verabredete sich mit mir für den Mittwoch, wo er mir einen Stadtbummel vorschlug. Er würde schon um fünf bei mir sein und anschließend könnten wir essen gehen. Perfekt.

In der Stadt zusammen angekommen, machte er mir den Vorschlag, zu *Ladyfun* zu gehen und uns ein bisschen dort umzuschauen. Wir hatten ja bereits bei der

Veranstaltung im *Club Fatale* darüber geredet. Also liefen wir durch die Innenstadt direkt dort hin.

»Ach, schau, da gibt es noch einen Sexshop:« Den hatte ich vorher noch nicht bemerkt.

»Wollen wir zuerst dort hin?«

»Warum eigentlich nicht.«

In der Auslage des Ladens war eine Männerpuppe mit einem Höschen dekoriert, dass vorne einen Schweinekopf in Pink hatte. Eine Einladung war das nicht, aber wir entschlossen uns hinein zu gehen. Erst fanden wir den Eingang nicht und dann, als wir eintraten, kam uns ein Geruch entgegen, der an die Laufhäuser im Bahnhofsviertel erinnerte. Innen alles unsympathisch und schlecht eingerichtet. Das meistgelesene Frauenbuch lag in der Auslage. Endlich konnte man bedenkenlos Erotikliteratur lesen, ohne ein schlechtes Gewissen zu haben. Hier lagen noch andere Bücher zum Thema S/M herum. In England war S/M oft gelebt. Vielleicht fand es jetzt den Weg in so manchen deutschen Haushalt. Wir kamen an Korsagen vorbei, die es hier in jedem Modell zu dutzenden gab. Billige Ware mit schlechtem Stoff in furchtbaren Farben.

»Das ist schon ein Unterschied zu denen, die du mir vorgeführt hast.«

Bücher, Magazine, Gleitmittel, Hilfsmittel, Kondome und einen S/M Bereich gab es oben. Wir gingen die Treppe hinauf.

`The little one` lag da: »Da denkt doch keiner, dass das ein Dildo ist.« Ich war erstaunt, dass es auch hier die neuesten Dildos gab. Die Spielzeuge waren in futuristischen Formen gestaltet. Die Materialien angenehm, die Farben ansprechend.

»Da komme ich mit meinen ollen Dildos und Vibratoren nicht gut weg. Ich glaube, ich muss mich demnächst neu ausstatten.«

»Wenn du willst, kaufe ich dir einen.«

»Lass uns erst einmal zu *Ladyfun* gehen. Wenn, dann will ich dort einen kaufen. Die sind dort nett und sollen lieber das Geschäft machen, wenn wir was kaufen wollen.«

»Können wir gerne machen. Ich kenne auch von früher noch die alten, aber die hier sehen richtig stylisch aus«, kommentierte Henry.

»Pump up the Pussy. Da kommt Freude auf. Und guck, die Hosentaschenmuschi, die gibt es auch hier.«

Dann entdeckte ich wieder einen Vibrator, der wasserfest war und vorne einen größeren Kopf hatte.

Die Hosentaschenmuschi gab es in einer Ausführung größer. Ich befühlte sie innen. Es war Gleitcreme eingebracht.

»Das ist wirklich ein heißes Gefühl«, sagte ich, als ich meine Finger eingeführt hatte. Ich kann Männer verstehen, dass sie so etwas benutzen. Das war noch besser als das Ei.

»Es gibt verschiedene Noppen und Formen, je nachdem, ob ein Vaginal-, Anal- oder Mundgefühl geboten wird«, erklärte der Verkäufer und zeigte uns das nächste Highlight: »Die nachgebildeten Muschis von den Stars sind im Moment der Renner. Da wird von der Darstellerin ein Abdruck von der Muschi genommen und dann hat der Mann das Gefühl als ob er selbst im Original stecken würde.«

Weiter hinten im Laden war die S/M Ecke.

»Das ist viel zu teuer. Alles, was du hier an Gerten findest, gibt es viel billiger beim Reitausstatter«, meinte Henry.

»Ja, aber kein Paddel und keinen Flogger oder die ausgefallenen Schlaginstrumente. Und das Auge will ja auch was davon haben. Aber warum die Grundausstattung nicht im Reiterladen kaufen. Besonders ist das hier wirklich nicht.«

Wir kamen dann auf dem Weg nach unten noch an einer Reihe von Büchern vorbei.

»Erstaunlich, wie viele Bücher es hier gibt, dabei lesen Männer doch in der Regel keine erotische Literatur und holen ihre Anregungen eher über Pornos. Frauen kommen doch wohl nicht so oft in solche Geschäfte«, sagte Henry auf dem Weg nach unten. »Jetzt bin ich mal auf den anderen Laden gespannt.«

Als wir eintraten, stand Tanja, die die Präsentation im *Club Fatale* gehalten hatte, hinter dem Tresen ihrer kleinen Bar. Im oberen Stock gab es vorwiegend Wäsche in megagroßer Auswahl, die wir ein wenig durchstöberten. Aber ich war inzwischen entschlossen, einen neuen Vibrator, diesen *SmartOne*, von dem sie in höchsten Tönen gesprochen hatte, zu erstehen.

Wir gingen in das Untergeschoss und da lag er in groß und in klein.

»Das ist ja wirklich state of the art«, bemerkte ich bewundernd. Henry drückte auf die Knöpfe: »Probier ihn!«

Ich hielt den Kleinen zwischen meine Beine. Es kribbelte so herrlich, wie Ameisen, die meine Muschi verzaubern. Ich fing an zu stöhnen: »Ah…ah…, das Ding ist der Hammer, Henry, das ist unglaublich.« Ich stöhnte weiter, dann probierte ich den Großen aus, aber er war mir ein Stück weit zu heftig. So heftig wollte ich es nicht haben. Also entschied ich mich zunächst für den Kleinen. Es könnte ja irgendwann eine Steigerung geben. Auch hier wieder die ganze Sammlung der neuartigen Dildos und Vibratoren, die wir schon zuvor gesehen hatten.

»Wo habt ihr denn Kerzen?«, fragte ich die Verkäuferin. »Gibt es auch welche, die nicht so heiß werden? Ich habe gehört, dass es die gibt. Ich bin immer so zimperlich.«

»Haben wir oben. Ich gehe mit und zeige sie ihnen.«

Die Kerzen waren im Glas und von verschiedenen Firmen.

»Es gibt ganz verschiedene Düfte. Das bleibt nicht auf der Haut hängen, sondern kann danach noch richtig schön einmassiert werden. Ich habe am liebsten die hier.« Sie zeigte auf die Kerzen in dem hellen Glas. Ich nahm bei jeder Kerze eine Geruchsprobe.

»Schauen sie, wie samtig es sich anfühlt.« Sie nahm aus einem Glas mit ihrem Finger etwas »Wachs« heraus und strich es mir auf meinen Handrücken.

Mir gefielen die anderen in dem dunklen Glas aufgrund des Geruches besser. Auch Henry teilte meinen Geschmack.

»Haben sie denn auch ein gutes Gleitgel?«, fragte sie uns.

»Für was?«

»Man sollte Dildos immer mit Gleitcreme einführen. Das ist besser, weil die Dildos zu trocken sind. Da gibt es spezielle Creme auf Silikonbasis. Die sind sehr ergiebig und lassen wunderbar gleiten.«

»Ja, warum nicht, das nehmen wir gerne mit.«, meinte Henry.

So hatten wir unseren ersten Einkauf hinter uns und entschieden uns, koreanisch Essen zu gehen.

Henry war ausgefallenem Essen gegenüber aufgeschlossen wie ich. Wir bestellten Bulgogi und es gab

als Beilage alles mögliche, was es ausgefallen machte. Es war eine wahre Gaumenfreude. Lange blieben
wir dort und zeitnah nach dem Essen brachte er mich
nach Hause. Er war müde von der letzten anstrengenden Woche. Er küsste mich sanft auf meine
Augen und dann fuhr er weg.

Wieder ein Tag mit ihm, den ich genossen hatte und
nun blieb ich wieder alleine zurück. Wie gerne wäre
ich an diesem Abend mit ihm zusammen geblieben.
Ich hätte ihn fragen können, ob wir das Bett teilen
würden, aber ich hatte nicht gefragt. Vielleicht hatte
ich Angst, dass er nein sagen würde. Sicherlich hätte er es getan, denn sonst hätte er mich schon längst
darum bitten können. Aber neben der Ablehnung, die
ich spürte, fühlte ich auch sein Interesse für mich. Er
wollte sich nicht wirklich einlassen. Das war für mich
ganz klar. Aber ich verliebte mich bei jedem Treffen
immer mehr in ihn. Ich genoss seine Gegenwart so
sehr und fühlte mich unbeschreiblich wohl und sicher
bei ihm. Er war als Mann so sehr präsent, wie ich es
mir immer gewünscht hatte. Er hatte so viel von
dem, was mir gefiel. Wie er redete, wie sein Gesicht
dazu wirke, so ruhig und so souverän. Wie gerne
hätte ich mehr Zeit mit ihm verbracht und noch mehr

Nähe. Sogar, dass wir immer noch nicht miteinander geschlafen hatten, vermisste ich oft nicht, auch wenn ich es mir wünschte, ihn endlich in mir zu spüren. Vielleicht sollte es diesmal so sein, langsam und stetig in der Entwicklung, genau so, wie sich meine Gefühle zu ihm intensivierten. Und ich hatte das Gefühl, ich könnte endlich ankommen, ankommen im Hafen eines ganz wunderbaren Mannes. Ich schloss meine Augen und hatte sein Bild vor mir: »Oh, Henry, wenn du wüsstest wie viel ich für dich empfinde. Mein Herz und meine Lust pochen für dich!«

Nachdem ich Henry meine Korsetts vorgeführt hatte, überlegte ich mir, dass ich doch eines davon bei der Korsettparty im *Arctcave* am Samstag tragen wollte. Ich bräuchte es ja nicht so eng zu schnüren, denn danach war mir nicht. Wenn ich die schwarze zweiteilige anziehen würde, dann bräuchte ich eigentlich fast gar nicht zu schnüren. Das Korsettoberteil machte schon von Haus aus durch den perfekten Schnitt eine super Taille. Alina wollte einfach ein schwarzes Kleid tragen. Sie hatte durch ihre paar Kilos zu viel keine Figur, die sie eindrucksvoll eine Korsage tragen ließ, aber sie arbeitete hart daran. Trank immer brav ihr Gurken-, Ingwer-, oder Zitronenwasser, was ihre Pfunde schmelzen ließ. Wenn da nicht immer ihre Aufenthalte im Süden wären, wo sie dem Essen nicht widerstehen konnte. Sie ärgerte sich danach immer wieder, weil sie sich dann wieder kasteien musste. Aber sie konnte auch zu den kulinarischen Leckerbissen schlecht nein sagen. Warum müssen Frauen eigentlich immer gertenschlank sein? Alina war zwar ein wenig moppelig, aber sah dennoch im Bikini lecker aus und hatte mit fast Mitte Vierzig super drahtige Beine. Man kann einfach nicht alles haben. Wäre ich ein Mann, hätte ich mich durchaus als Verehrer von ihr in einer Reihe angestellt, denn sie ist einer der klarsten, ehrlichsten und angenehmsten Menschen, die ich je kennen gelernt habe. Und ich fühlte mich immer wohl mit ihr. Sie war so angenehm ruhig und hatte oft eine Situationskomik, die einen gut zum Lachen bringen konnte.

Wir fuhren wie immer gemeinsam hin. Sie holte mich ab, da es auf dem Weg lag. Ich war gerade erst aus der Badewanne gekommen und noch nicht fertig. Wie so oft. Aber ich beeilte mich und schnell hatte ich mich in Schale geschmissen.

»Bah, siehst du gut aus. Schade, dass Henry dich so nicht sieht. Meinst du nicht, dass er doch noch kommt.«

»Der hat doch seine Tochter da.«

»Aber die ist doch schon groß genug.«

»Er wollte nicht. Wahrscheinlich ist er mal froh, sich ein bisschen ausspannen zu können.«

»Na, es wird sicher auch ohne ihn, wie immer ganz nett«, meinte Alina.

»Bestimmt. Ich habe ja dich dabei. Wolker und die anderen sind heute Abend auch alle da. Das wird bestimmt ganz nett.«

»Ist ja schön, wenn wir was zusammen machen.«

»Ja, meine Busenfreundin.«

»Ja 4711. Immer dabei.«, lachte sie.

Obwohl sie das so oft zu mir sagte, sollte niemand anderes wissen, dass sie diesen Witz machte. Ich fand es entzückend.

Als wir im *Artcave* ankamen, war eine ausgelassene Stimmung. Manoun hatte Brötchen belegen lassen und auf Kosten des Hauses einen Welcome Drink vorbereitet. Eine ganz wunderbare Bowle, so als Abschluss des Sommers, wo es leider bald keine Früchte mehr aus deutschen Landen geben würde.

Ich trank genüsslich diesen wunderbar angesetzten Drink und wir waren schnell in ausgelassener Stimmung. Hatten alle miteinander vergnügliche Konversation, machten Bilder und irgendwann fingen wir an zu tanzen. Auch Manoun tanzte an diesem Abend, auch sie hatte sich von dem Überschwung mitreißen lassen.

Henry verbrachte diesen Abend mit seiner Tochter. Er hatte mit ihr einen Ausflug zum Kanufahren auf der Lahn gemacht und gab mir zwischendurch im-mer wieder einen Lagebericht und war an mir dran. Er schien Sehnsucht nach mir zu haben. Samstagnacht rief er bei mir an, als die Kleine im Bett war.

»Hör mal, meine Tochter wird morgen Mittag von ihrer Mutter abgeholt und ich dachte mir, wir könnten einen Ausflug in den Rheingau machen. Ich würde gerne ein paar Flaschen Riesling kaufen, außerdem ist gerade Weinlese, wir könnten ein wenig spazieren gehen.«

»Fein, das ist eine schöne Idee. Ich hatte meinen letzen Geburtstag dort gefeiert und war seitdem nicht mehr dagewesen.«

»Also ist es dir recht, wenn ich dich um halb drei abhole?«

»Ja gerne. Ich freue mich.«

»Ich mich auch!«

Sein Gespräch hatte mich erreicht, als ich gerade am Eingang war, um ein wenig Luft zu schnappen. Im *Artcave* hatte, sonst sehr schlechten Empfang mit meinem Handy. Glückselig ging ich wieder zurück. Damit hatte ich nicht gerechnet. Ich dachte, er sei das ganze Wochenende mit seiner Tochter verplant. Gut, dass ich mir noch nichts vorgenommen hatte. Ich hätte aber auch alles andere abgesagt. Viel lieber hätte ich, was auch immer ich vorgehabt hätte, meine Zeit mit ihm verbracht. Und nun freute ich mich auf morgen.

»Na, du strahlst ja so?«, fragte mich Alina.

»Ja, ich habe mit Henry telefoniert. Er will morgen mit mir in den Rheingau.«

»Wollten wir morgen nicht auch Yoga machen?«

»Wir fahren ja erst um halb drei. Wir können uns um zwölf treffen. Dann machen wir Yoga, machen eine halbe Stunde Pause und dann koche ich uns was. Okay?«

»Klar, so machen wir es.«

»Puh! Das ist aber anstrengend für mich«, erklärte Alina, als sie ihre Beine nach hinten über den Kopf bringen musste.

»Ich habe ja auch schon fleißig trainiert«, meinte ich und ich liebte diese Übung. Ich fühlte meinen ganzen Körper und mir machte es Freude. Viel zu lange hatte ich nichts getan, aber die letzten Wochen hatte ich mich gut in die Yogaübungen eingefunden. Dann die nächste Übung. Die Arme angewinkelt auf dem Boden abstützen und dann die angewinkelten Beine mit den Knien auf die Arme bringen.

»Das sind doch keine Anfängerübungen, die du da machst«, gab Alina auf.
Ich machte noch ein paar Übungen, dann hörten wir auf und gönnten uns erst einmal einen Kaffee und eine Zigarette.

»Und was willst du essen?«

»Mir eigentlich egal«, überließ sie mir die Entscheidung.

»Dann mache ich uns ein paar Nudeln.« Die hatte ich immer zu hause in allen Variationen. Ich kaufte sie immer bei einem italienischen Lebensmittelgroß-händler im Ostend. Ich setzte den Topf auf und berei-tete die Soße vor. Dafür nahm ich Tomaten aus der Dose und gab Quittenmus dazu.

»Das ist aber lecker«, bestätigte mir Alina.

»Es ist schnell zubereitet, wenn man Quittenmus hat. Aber meine Mutter macht mir Quittenmus jetzt immer, nachdem sie es probiert hat. Das ist einfach eine Heidenarbeit.«, erklärte ich ihr. »Ich kann dir gerne mal ein Glas mitgeben.«

»Du hast auch immer tolle Ideen.«

»Dir kann ich ja auch nicht alles kochen. Zu viele Sachen, die ich wirklich mag, brauchen Knoblauch, damit sie schmecken.«

»Ja, wenn ich den schon rieche. Und gestern hat der Wolker wieder so nach Knoblauch gestunken. Mir war ganz schlecht, wenn er neben mir stand«, erklärte sie mit angewidertem Gesicht.

Ich schaute auf die Uhr und bemerkte, dass ich schon knapp in der Zeit war. Ich musste mich schleunigst fertig machen. Bald würde Henry vor der Tür stehen. Als ich aus der Tür trat, strahlte er mich an, zog mich an sich heran und küsste mich.

»Wie schön, dass die Sonne scheint. Dann können wir vielleicht nachher auch ein wenig spazieren gehen.«

»Ja gerne.«

»Aber ob deine Schuhe dafür geeignet sind?«, schaute er auf die Seite.

Ich hatte, wie fast immer, hohe Schuhe an. Ich hatte mich für ihn zurecht gemacht.

»Das wird schon gehen. Ich kann auch in hohen Schuhen gut laufen. Mach dir keine Gedanken.«

Wir fuhren auf der Autobahn an Wiesbaden vorbei und dann bog Henry ab und nahm die Landstraße.

»Das ist schöner, hier entlang zu fahren. Da haben wir mehr von der schönen Landschaft«, erklärte er mir. »Ich bin ganz oft hier gewesen, als es mit meiner Frau anfing schräg zu werden. Ich habe mir dann einfach den Kopf frei gefahren.«

Und er hatte Recht. Es war auch schon schön auf der Autobahn. Rechts und links die Weinberge zu sehen. Man fuhr nur eine halbe Stunde und war schon in einer anderen Welt. Die Sonne schien uns in die Augen und ich wollte mir schon eine Sonnenbrille aufsetzen, entschied mich aber dagegen, weil durch die Tönung das satte Grün einfach nicht mehr so intensiv war.

Links von uns lugte der Rhein immer wieder durch

die Häuserreihen.

»Wir könnten auch direkt am Rhein entlang fahren. Aber es sind nur so kleine Straßen und das ist störend für die Anwohner. Wir bleiben lieber hier«, meinte Henry. »Es ist dort sehr belebt und die Anwohner mögen das nicht, wenn so viel Verkehr ist. Ich folge dann gerne kleinen Hinweisschildern, die zu den Weingütern hinführen. So habe ich schon allerlei Weingüter entdeckt. Schau, so wie jetzt.« Er zeigte ein Schild an der Abzweigung mit dem auf das Weingut Gotthelf hingewiesen wurde und bog gemäß dem Schild ab.

»Ich war hier schon mal«, fuhr er weiter fort. »Das ist eines der alten kleinen Weingüter. Die haben keine große Gastronomie, sind dafür aber ungemein urig.« Weit war der Weg dorthin nicht. Wir fuhren in den Weinbergen direkt zu einem kleinen Anwesen, das im Innenhof Tische und Stühle aufgestellt hatte. Auch andere hatten den Weg hierher gefunden und es war gut besucht.

»Und hier hast du auch schon mal Wein gekauft?«

»Nein, ich glaube nicht. Aber üblicherweise trinke ich mich immer durch die ganze Karte und nehme mir dann von dem Wein, der mir gut schmeckt, so sechs bis zwölf Flaschen mit.«

»Und dann kannst du noch Auto fahren?«, fragte ich besorgt.

»Ich kann schon was vertragen. Mach dir keine Sorgen. Wenn ich mir keine mache, brauchst du auch keine zu haben. Ich nehme ja auch nur ganz kleine Gläschen. Da kann man schon was trinken.«

Wir verkosteten die verschiedenen Weine und zwei schmeckten uns besonders gut, von denen er dann auch je zwei Kartons mitnahm.

Als wir gingen, zeigte er mir noch die Scheune, in der

vereinzelt ein paar ältere Leute saßen, die wohl draußen keinen Platz mehr gefunden hatten.

Henry hatte mir vorgeschlagen, zu einem größeren Weingut zu fahren, das auch zeigen würde, wie man die Traube verarbeitet.

Eine halbe Stunde dauerte die Fahrt, dann kamen wir an dem anderen Weingut an. Hier war alles viel organisierter und kommerzieller. Wir entschlossen uns, den Weg nach oben zu nehmen und hatten einen ganz wunderbaren Ausblick von dort. Henry machte einen Ast von der grünen Rebe ab, hielt sie mir hin und ich zog eine Traube ab, die sich schwer vom Stiel trennte. Auch war sie ungewohnt hart, als ich auf sie biss.

»Und die sollen reif sein?«

»Trauben für den Wein haben immer eine härtere Konsistenz«, erkläre Henry mir, der ebenfalls eine Traube im Mund hatte.

»Aber so langsam meldet sich mein Magen. Wenn wir gleich unten sind, freue ich mich auf ein schönes Essen. Was meinst du Charlotte?«

»Ja, ich habe auch langsam Hunger.«

Henry zog mich unvermittelt an sich heran und küsste mich. »Ich habe jetzt zuerst Hunger auf deinen roten Hintern«, erklärte er mir. Ich sah ihn überrascht an. Bis zu diesem Zeitpunkt hatte er keinerlei Annäherungsversuche gemacht. Ich empfand den Tag mit ihm wieder schön und fühlte mich geborgen, aber ich spürte immer noch seine unerklärliche Distanz zu mir.

Ich schmiegte mich an seinen Oberkörper und küsste ihn zurück. Ich liebte es, wie er sich anfühlte. Und seine Küsse brachten mich fast um den Verstand. Wie würde erst der Sex mit ihm sein, wenn ich bei den Küssen schon fast den Verstand verlor. Ich spürte seinen schönen Mund an meinem und seine raue Zunge an meiner. Ich zog seine Zunge in meinen Mund und ich biss ihm in die Unterlippe, dann zog er meine Lippen sanft in seinen geöffneten Mund. Ein Schauer drang durch meinen Körper. Ich schmuste an seinem Gesicht, fühlte seine glatt rasierte Haut, um gleich wieder seinen Mund an meinem zu spüren. Er küsste mein Gesicht entlang zu meinem Ohrläppchen und leckte es, liebkoste mit seiner Zunge das Innere meines Ohres. Es konnte nicht sinnlicher sein. Immer wieder schauderte ich vor Wollust. Nach mehr. Ihn zu spüren, ihn zu fühlen und ihn zu berühren. Ich war ihm ganz nah. Ich war so von seiner Gestalt umnebelt, dass ich meine Umgebung nicht wahrnahm. Sah nichts mehr und fühlte nur noch.

»Oh Henry, das ist so schön«, seufzte ich und ließ meinen Kopf in den Nacken fallen, den er nun entlang küsste. Ich saugte jeden einzelnen Hauch seiner Lippen auf meiner Haut auf. Noch nie brachte jemand mein Blut so in Wallung. Jede kleine Berührung von ihm war das Sinnlichste, was ich je erlebt hatte. Ich wollte ihn so sehr. Ich rieb meinen Unterkörper an seiner Hose. Wollte ihn so gern spüren.

Henry drehte mich um und fuhr mit seinen Händen meinen Hals entlang, dann über meinen Rücken bis zu meinem Po.

Er schob meinen Rock nach oben, streichelte meine Pobacken und hielt sie ganz fest. Wieder streichelte er ihn und dann gab er mir einen festen Klaps darauf. Es brannte und es tat gut.

»Mehr«, forderte ich ihn auf.

»Du wirst doch nicht schon wieder gierig sein?«

»Doch. Ich bin so was von gierig. Schlag meinen Hintern.«

»Dann bück dich.«

Ich wünschte, ich hätte etwas gehabt, woran ich mich hätte festhalten können, so beugte ich mich einfach nach vorne. Meine Hände berührten den Boden des Weges, auf dem wir standen. Ich fühlte, wie er meinen Slip nach unten zu den Beinen zog und dann fühlte ich wieder seine Hand auf meinem Hintern. Er schlug mich rhythmisch, er schlug gerade so fest, dass es weh tat, aber nicht so fest, dass es schmerzte. Dann streichelte er meinen Po, um weitere Schläge darauf zu geben und hielt er inne. Ich verharrte weiter in meiner Position, wartend auf einen Befehl.

»Ich liebe es, wenn dein Hintern so schön gerötet ist.«

»Ich liebe es, wenn du ihn so schön bearbeitest«, quetschte ich aus meiner unbequemen Haltung heraus.

`Bitte mach weiter`, bat ich ihn, ohne es laut zu sagen. Ich wollte wieder seine Hand auf meinem Hintern fühlen. Diese wunderbare Hand. Dann spürte ich seine Finger in meiner Spalte. Wie er mich berührte. Ich wollte mich aufrichten. »Nein, bleib so. Ich liebe es, wenn du in dieser Position bist.«

Ich ging wieder nach unten. Wie gerne hätte ich ihn angefasst, aber in dieser Position war es mir nicht möglich, so genoss ich einfach nur seine Berührungen. Und er hörte nicht auf, mich immer weiter mit seiner Hand zu bearbeiten, Schläge auf meinen Hintern, dann Streicheln der behandelten Stellen und immer wieder fühlte ich seine Finger an meiner Spalte. Ich war kurz davor zu explodieren. Mein Kopf drehte sich. Dann hörte er auf. Ich hörte das Öffnen seines Gürtels, wie er ihn aus den Schlaufen zog und ich hörte einen Knall auf meinem

Po und wusste, er schlägt mich mit seinem Hosengürtel. Diese Schläge taten mir weh. »Au!« Wieder ein Schlag. »Au!« Wieder ein Schlag. »Au, Au, Au!«

»Es wird dir doch nicht zuviel sein? Soll ich aufhören?«, wollte er wissen.

»Nein Henry, noch ein bisschen.«

Trotz des Schmerzes wollte ich mehr. Endlich mehr. Aber er streichelte zunächst wieder meinen Hintern, nur um dann wieder mit seiner Hand zu schlagen. Ich liebte die Schläge seiner Hand auf meinem Po. Streicheln, Gürtel, Hand. Es machte mich immer wahnsinniger.

Dann wieder seine Hand an meiner Perle. Nun nahm er seine andere Hand zur Hilfe. Rieb mich vorn während er mich weiter schlug. Mein Herz schlug mir bis zum Hals und ich spürte, wie mein Orgasmus sich näherte. Ich versuchte ihn herauszuzögern, wollte noch weiter genießen, jede seiner Berührungen auskosten, aber dann musste es aus mir heraus.

»Henry ich komme, hör nicht auf, ich komme.«

Er rieb mich jetzt noch heftiger und mein Köpfchen zuckte als er die Hand auf ihm ruhen ließ und ich endlich meine Erlösung hatte. Ich verharrte noch in meiner Haltung und ging dann in die Knie, um mich auszuruhen. Ich war völlig erschöpft. Kraftlos und glücklich spürte ich, wie Henry zu mir herunter kam, wie er mein Haar küsste und meinen Hals.

»Ich liebe es, dass ich eine solche Wirkung auf dich habe.«

»Ja, es ist unglaublich«, bestätigte ich.

Wir kamen beide nach oben. Ich zog meinen Slip wieder hoch und brachte meinen Rock in Ordnung. Henry nahm meine Hand und wir gingen zurück zu der Winzerei, um unser Abendessen einzunehmen.

Und jeder konnte das Strahlen in meinen Augen sehen.

»Da bin ich aber froh, dass wir hier was essen und nicht bei dem kleinen Winzer. Dort gab es wirklich nichts, wofür ich mich begeistern hätte können. Spundekäs könnte ich auch in Frankfurt haben. Dafür fahre ich nicht in den Rheingau.«, erklärte ich, während ich mich auf der Karte gar nicht satt sehen konnte.

»Ja, bei den kleinen Winzern bekommt man halt keine große Gastronomie. Darauf sind sie nicht ausgerichtet. Es soll ja nur eine Kleinigkeit zum Wein sein. Mehr wollen die nicht«, schaute er mich verschmitzt an. »Und? Hast du schon was gefunden, was dir zusagt?«

»Es ist schwer. Es hört sich vieles so lecker an. Und du? Hast du dich schon entschieden?«

»Ich nehme das Filet mit Senfkruste.«

»Und ich das Reh mit Preiselbeersauce und Topinambur.«

»Fein. Willst du eine Suppe vorweg.«

»Nein. Lieber den Wiesenblütensalat.«

»Ich nehme die Schwarzwurzelsuppe.«

Wir bestellten zu dem Essen wieder kleine Weinproben. Die Vorspeise war wunderbar und ich freute mich auf den Hauptgang.

»Darf ich ihnen mal auf die Pelle rücken?«, fragte mich ein Mann mit Fotoapparat und pfälzer Akzent, der auf einmal unvermittelt an unserem Tisch stand.

»Ja, machen sie nur«, erklärte ich verdutzt.

Er trug ein weißes Hemd, die dunkelblonden Haare nach hinten gekämmt, vorne aber schon ein bisschen wild und zerzaust. Er erinnerte mich ein wenig an Peter Falk, Columbo in jungen Jahren, genauso durcheinander wirkend. Er ließ sich nicht beirren und fotografierte weiter.

Er hielt zwei Finger in Richtung beider Augen und schaute uns an. »Ich bin the eye«, erklärte er. Dann setze er sich unvermittelt neben mich auf den freien Platz, sagte: »You can say you to me« und lachte vor sich hin.

Henry und ich sahen uns verdutzt an. »Ein Morgen, der früh beginnt, aus dem kann nichts werden. Ist ja eigentlich mein Credo. Aber ich war heute schon sehr produktiv«, erklärte er.

»Ach ja?«, fragte Henry belustigt.

Schön, dass Henry so unkompliziert war. Mein Ex hätte Theater gemacht, wenn uns das passiert wäre. Ich fand es lustig, was uns dieser Fotograf noch so erzählen würde.

»Ein Freund von mir will seine Homepage neu gestalten und da bin ich ein paar Tage hier. Ihm gehört das Weingut. Sonst wohne ich in Frankfurt. Und ihr?«, wollte er wissen.

»Wir kommen auch aus Frankfurt.«, erklärte ich.

»Das ist ja schön. Aber ich bin gerne im Rheingau, sonst auch schon mal an der Mosel. Ich bin nämlich auch noch Weinhändler. Wenn ihr mal einen guten Tropfen wollt, dann könnt ihr euch bei mir melden. Ich habe immer ein gut gefülltes Lager bei mir zu Hause.«

»Was für Weine hast du denn?«

»Alles mögliche, aber mein Favorit sind chilenische Weine. Ich habe einen ganz guten Rotwein aus biologischem Anbau aus dem Hang.«

»Was heißt das? Aus dem Hang?«, schaute ich ihn an.

»Hangweine haben immer ein besonderes Aroma, da kommt die Sonne besser an die Rebe.« Er drehte sich zu dem Kellner um: »Ich hätte noch mal gerne die zwei.«

»Der ist gut, den haben wir auch gerade probiert.«

»Der hat eine gute Säure und schmeckt ein wenig zimtig. Das schmeckt man sogar in der Beere.« Sein Blick war ein wenig trüb. Man sah ihm an, dass er heute schon eine Menge getrunken hatte.

»Früher war ich mal in der Bank. Aber ich mag keine Banker. Ich habe da keine Lust mehr drauf. Ich war in den großen Türmen. Jetzt habe ich mich verlagert. Ich mache nur noch das, was ich will. Ich bin auch Maler. Ich male dadaistisch«, fuhr er weiter fort.
Nun kam unser Essen. Er ließ sich nicht beirren, blieb sitzen und wünschte uns einen guten Appetit.
Er war schon ein verrückter Vogel, der uns nun einen Witz nach dem anderen erzählte und uns in seiner witzigen und charmanten Art gut unterhielt.

»Du hast ne tolle Frau dabei. Wie lange seid ihr denn schon zusammen?«, wollte er von Henry wissen.

»Erst ganz kurz. Wir sind sozusagen noch in der Kennenlernphase«, klärte Henry ihn auf.

»Da sind die Frauen noch spannend. Später werden sie immer anstrengend. Ich bin übrigens der Bernhard. Ich komme ursprünglich aus der Pfalz. Aber ich mag Frankfurt viel lieber. Ich mag die Hessen. Da komme ich gut mit klar.«

Er schaute mir abwechselnd in die Augen und dann immer wieder auf meine Brüste. Dann legte er seinen Arm um meine Schultern. Mir wurde seine aufdringliche Art langsam unangenehm »Du bist echt eine attraktive Frau. Solche Frauen wie dich mag ich. Du hast das besondere Etwas.«

Henry und ich wechselten wieder ungläubige Blicke. Irgendwann verabschiedeten wir uns dann von ihm. Wir wollten den Heimweg antreten.

Er übergab Henry seine Visitenkarte. »Wir können ja mal in Frankfurt was zusammen unternehmen. Ich kann euch auch paar interessante Weingüter empfehlen. Wir können auch mal zusammen hinfahren. Und wenn ihr einen guten Wein braucht, da habe ich auch immer was.«

Die Weinherstellung hatten wir uns nicht angesehen, aber wir würden das irgendwann nachholen.

Henry brachte mich nach Hause und verabschiedete sich wieder mit einem seiner wunderbar zarten Küsse.

»Nachdem wir zu Pias Lesung gehen, will ich gerne am Tag darauf mit dir in den *Club Fatale* gehen. Da ist eine Playparty. Ich glaube, ich fände es gut. Ich war noch nie bei so was, aber ich stelle es mir spannend vor. Was meinst du?«, fragte mich Henry.

»Woher weißt du denn das?«, wollte ich wissen.

»Ich habe mich auch mal umgesehen«, erklärte er

mir Mitte der Woche. Er war im Ausland, rief mich aber des Öfteren über Skype an, das er extra für mich eingerichtet hatte. So hatten wir wenigstens Blickkontakt.

Freitags trafen wir uns für die Lesung gleich im Artcave.

Es war brechend voll, aber da ich dort Stammgast war und zudem mit Manoun befreundet, bekamen wir einen guten Platz an einem der runden Tische, wo ich auch sonst immer saß.

Es war ein reges Treiben, denn es mussten noch alle mit Getränken versorgt werden. Dann, als alle saßen und jeder sein Getränk hatte, fing die Veranstaltung an. Anna, die vorne am Lesepult saß, stand auf und begrüßte die Gäste: »Liebe Freunde und Freundinnen. Wir sind hier bei der Lesung von Pia Acur, die heute hier zum ersten Mal liest. Wir sind überaus glücklich, dass wir sie gewinnen konnten, hier vor diesem erlauchten Publikum zu lesen. Ein paar hatten bereits eine Kostprobe ihres Könnens genießen können. Unsere Pia erzählt nach dem Buch von Mark Twain die Geschichte von Adam und Eva. Ich wünsche Euch einen wundervollen und unterhaltsamen Abend.«

Pia kam im Smoking durch den Mittelgang herein und sprach in Männerstimme: »Hallo, hallo was machen sie in meinem Garten?«, fuhr sie Anna an.

»Die Leute sind hier eingeladen. Wir haben eine Lesung«, erklärte Anna.

»Ach, Humbug, Geschwätz! Ach was erwarte ich auch von so einem Wesen? Na gut langhaarig ist es nicht, aber auch so eines, wie das mit den langen Haaren, das mich ständig verfolgt.« Sie fuchtelte mit den Armen: »Verschwinde hier, raus aus meinem Garten!« scheuchte sie die verdutzte Anna weg.

Dann lief sie stumm nach vorne an das Pult.

»Was erwarte ich auch von diesen Dingern? Eins ist wie das andere. Ob lange Haare oder kurze. Am Schlimmsten ist das neue langhaarige Wesen. Lästig ist sie. Ständig läuft sie mir nach!«, fuhr sie mit der Männerstimme fort. »Ich kann es nicht leiden. Eh!« knotterte sie vor sich hin. »Wenn sie doch nur bei den anderen Tieren bliebe! Ich habe in meiner Verzweiflung sogar schon angefangen, Tagebuch zu schreiben. Ich! Adam! Ja, ich habe angefangen Tagebuch zu schreiben, obwohl ich nicht davon aus-gehe, dass mein Herr und Schöpfer mir diese Fähigkeit verliehen hat, so etwas Profanes, wie ein Tagebuch zu führen, aber wo ihr jetzt schon mal da seid, hier in meinem Garten, könnt ihr euch mein Elend auch gleich anhören.« So fuhr sie in der Männerstimme fort und erzählte die Geschichte von dem Wesen, das neu dazugekommen ist. Er ist am Wasserfall, den das neue Wesen Niagarafälle nennt. Adam regt sich darüber auf, dass das Wesen alles benamt, was er sonst nie getan hatte. Er baute sich eine Hütte, regte sich darüber auf, dass das neue Wesen mit seinen schmutzigen Füßen hinausspaziert ist. »Als ich sie herausschmeißen wollte, vergoss sie Tränen aus den Höhlen, aus denen sie sonst sieht. Die Laute, die sie dazu machte, klangen wie bei einem Tier, das im Sterben liegt... Diese Stimmen, sie sind bei mir, sie sind nah, sie sind hinter mir.« Weiter regt sich Adam über die Namensgebung auf. Sein Garten Eden wurde von ihr in einen Park umbenannt. Dann, in lauter Not reißt er aus, verschwindet, aber das Wesen Eva spürt ihn auf. Und dass sie »Wasser aus den Dingern vergossen hat, aus denen sie sieht.« So geht es immer weiter. Er schnottert sich durchs Leben. Er hasst Eva. »Das neue Wesen sagt, es sei kein Es, sondern eine Sie. Was sie ist, das ist mir eigentlich schnurz. Wenn sie mich nur in Ruhe lassen würde«, empört er sich weiter. »Sie sagt, ich solle sie Eva nennen. Wofür soll das gut sein? Ich brauche sie nicht. Ich will sie nicht. Sie sagt, sie sei aus einer meiner Rippen gemacht. Mir fehlt aber gar keine.«, So geht es immer weiter. Er haut dann wieder drei Tage ab und alle friedliche Stimmung ist auf einmal dahin. Die Tiere fallen sich an. Grund dafür ist, dass Eva von der verbotenen Frucht gegessen hat. Sie hatte sich vorher mit der Schlange angefreundet, was ihm außerordentlich gut gefällt, denn solange sie mit der Schlange redet, hat er seine Ruhe. Die Schlange erklärt, dass die Erkenntnis eingezogen hat und diese Erkenntnis heißt Tod. Eva kommt zu ihm, schämt sich ihrer Nacktheit, als sie ihn sieht. Sie legt ihm einen Apfel hin, den er hungrig, wie er ist, verschlingt. »Es war der beste Apfel, den ich je gegessen hatte. Und dann verstand ich sie.« Auf einmal weiß er, dass sie ihm eine gute Gefährtin ist, dass er ohne sie alleine wäre. »Jetzt müssen wir arbeiten. Soll sie doch arbeiten. Immerhin habe ich ihretwegen meinen Garten verloren. Und alles was, ich je hatte. Ich werde« Jetzt bricht sie abrupt ab, zieht die Jacke von den Schultern, die Hose aus und redet in einer einschmeichelnden Frauenstimme weiter im Abendkleid als Eva zu uns: »Willkommen im Paradies. Willkommen in meinem Park. So hatte ich es mir eigentlich schon immer vorgestellt. Ich bin ja eigentlich erst einen Tag alt, müssen sie wissen«, fing sie an. »Und für einen Tag ist das eine bemerkenswerte Erkenntnis. Finden sie nicht auch?« Sie bezeichnet sich und Adam als Experiment. Schwärmt von allem Schönen. Dem Mond, den Sternen. Beklagt, dass er so wenig Sinn für all das hat. Sie sagt, er sei grob, er sei dumm. Fragt sich, ob er nur zum Dummsein da sei. Ob dieses andere Experiment kein Herz und kein Mitgefühl hat. Alles was ihn interessiere, sei Hütten bauen und die Früchte seines Erfolges. Sie sieht dieses Reptil als Mann an und nennt es »er«. »Jedes Ding muss doch seinen Namen haben, das schafft doch Beständigkeit.«

Donnerstag hat sie ihren ersten Kummer, weil er sie nicht so wirklich beachtet, und sie wegschickte.

Die Beiden nähern sich dann doch an und es endet im Sündenfall. Sie sind aber dadurch gut zusammengekommen. Vierzig Jahre später bemerkt sie, dass sie ihn liebt und dass er halt so sei, wie Gott ihn schuf. Die Bildung hat er sich angeeignet. »Ich liebe ihn, weil er ein Mann ist.«

Nun zieht sich Pia wieder die Jacke über und beginnt in Männerstimme zu sagen: »Das ist doch wieder mal typisch Sie. Hauptsache für alles eine Erklärung und einen Namen. Dummerweise hört sie nicht auf mich«, lamentiert er weiter über sie. Und beide streiten sich ein wenig als Adam und Eva und Pia steht da, halb die Jacke über der einen Schulter und halb in ihrem Kleid.

»So bin ich Adam und Eva. Geschaffen aus einem, vereint im Wir. Als erster Mann und letzte Frau, die leben werden, in einem Jeden von euch.«

Damit endete die Lesung. Tosender Applaus von allen Zuhörern. Es war eine brillante Lesung. Vielleicht lag es daran, dass Pia ein Hermaphrodit war, die wirklich Mann und Frau in sich trug. Sie sah aus, wie eine Frau, hatte aber zu ihrem Leidwesen Haare am Körper, wie ein Mann. Auch innerlich war sie sowohl als Mann, als auch als Frau angelegt. Dies hatte sie mir einmal erzählt, als wir uns vor etlicher Zeit einmal unterhalten hatten. Sie war für mich als Frau nett und attraktiv, aber ich konnte es mir gut vorstellen, dass sie sehr darunter zu leiden hätte. Mit der Lesung, hatte sie jedoch aus der Not eine Tugend gemacht.

Einige der Gäste gingen bereits nach der Lesung. Der harte Kern blieb natürlich, wie immer, da. Wolker stand bei uns. Der Verleger Andreas Busch und seine Frau Verena standen auch an unserem Tisch.

»Das war ja wieder mal so typisch, dass eine Frau solch einen Text aussucht«, kritisierte Wolker in seiner Art.

»Na, mit den Männern ist es ja auch nicht einfach. Ich bin froh, dass ich so einen lieben Mann habe«, erklärte Verena.

Ich hatte ihn bisher immer nur alleine wahrgenommen. Seine Frau war noch nie dabei gewesen. Er flirtete immer wieder gern. Ob das seine Frau wusste?

»Na ja, ihr Frauen lasst sonst ja auch kein gutes Haar an einem Mann«, meinte Wolker.

»Es ist ja auch blöd. Wenn ich abends weggehe, ist da kein Mann, mit dem ich mal wirklich ins Gespräch kommen kann. Die trauen sich ja nicht mal, den ersten Schritt zu machen«, gab Verena von sich.

»Die Männer haben es ja auch ungleich schwerer als die Frauen. Wir kommen uns schon ziemlich blöd vor, wenn wir eine Frau ansprechen und wir rüde zurückgewiesen werden. Ich kann da mal gern ein Beispiel geben. Ich war letzte Woche bei einer Veranstaltung. In der *Roten Wand*. Das kennst du, Charlotte. Da war, wie immer, wenig los. Und als ich zwei jüngere Frauen fragte, ob ich mich dazu setzen darf, habe ich nur ein abschätzendes »Ja« gehört und die haben mich während des kurzen Momentes, wo ich geblieben bin, keines Blickes gewürdigt. So ist das immer. Statt froh zu sein, dass man sich mit ihnen unterhalten will, mustern sie einen ab und behandeln die Männer oft wie Aussätzige«, meinte Wolker.

»Ach, die Männer können auch überhaupt nicht damit umgehen, wenn eine Frau ihnen auffordernde Signale sendet. Die Männer heute sind einfach schräg drauf. Entweder sie sind notgeil und gehen an alles oder sie machen einen auf Abstand.« Und Verena führte weiter fort: »Dann gehen auch noch etliche zu Huren, die dann für einen kleinen Hungerlohn ihren Körper verkaufen müssen.«

»Aber das ist ja heute nicht mehr wie früher. Die meisten arbeiten heute selbstbestimmt. Wenn sie das tun, dann wissen sie ganz genau, dass sie das aus sich heraus wollen«, erwiderte Henry.

»Ist doch Quatsch!«, warf Verena wieder ein. »Die meisten Frauen, die das tun, tun das für ihre Familie, weil die das Geld braucht oder wegen ihres Drogenkonsums. Es ist schon widerlich, wenn ich mir vorstelle, dass da einer dran geht. An eine heruntergekommene Frau oder gar eine, an die schon vorher fünf drüber gegangen sind. Das können auch nur Männer machen. Frauen hätten auf so was keine Lust.«

»Das ist wieder so typisch. Das sind immer die Scheiß Männer. Frauen sind immer die Opfer. Ich kenne das ganz anders. Ihr Frauen macht es euch nur immer leicht. Es sind bei euch Frauen die Männer, die an allem Schuld sind. Ich kann das langsam nicht mehr hören«, erwiderte Wolker.

»So ganz unrecht hat da Wolker da nicht.«, warf Henry ein.

»Und was sagst du zu den Aussagen deiner Frau?«, fragte Wolker Andreas.

»Sie hat ihre eigene Meinung. Ich lebe damit gut, auch wenn wir nicht immer einer Meinung sind«, erklärte er.

»Ich kann da nur die Krise kriegen. Dass wir Männer immer die Übeltäter sind. Es sind ja auch immer nur die Männer, die brutal sind und die Frauen schlagen.«, Wolker wurde jetzt lauter und hatte schon einen roten Kopf, so echauffierte er sich.

»Wolker, ich weiß, dass du so denkst. Aber denke nur an Soraje. Da hast du auch gleich gesehen, dass der Mann nicht gut ist und er sie später geschlagen hat, so, wie wir vermuteten. Würdest du sie kennenlernen und sie würde dir die Geschichte erzählen, dann würdest du wieder denken, das sei wieder so eine, die alle Männer schlecht mache obwohl der gar nichts dafür kann. Aber hier siehst du die ganz andere Seite. Eine, die lammfrommer als Soraje ist, kenne ich nicht. Er ist so. Und viele Männer sind so, die haben einfach ein Gewaltpotential in sich. Wo immer es auch herkommt«, wusste ich es besser.

»Da hast du mal Recht. Aber ich kenne viele Frauen, die solche Geschichten erzählen, von denen ich genau weiß, dass sie ihre Männer provoziert haben. Die Frauen spielen dann die Unschuldsengel.«

»Für dich sind es immer die Frauen. Dieses Thema kann man einfach nicht mit dir besprechen. Aber lass dich doch einfach mal auf das Gespräch ein, ohne dich immer gleich persönlich angegriffen zu fühlen.« Doch wahrscheinlich konnte er es nach seiner Historie nicht. Seine Frau war vor Jahren davon gelaufen und hatte sich ziemlich schräg verhalten. Sie hatte ihre Kinder so manipuliert, dass diese nicht mehr mit ihm redeten. Ein Umstand, der ihm bis heute nachhing. Ich konnte es nachvollziehen, aber dennoch nicht verstehen. Er war keineswegs blöd und unreflektiert. Aber was dieses Thema betraf war er einfach nur starrsinnig. Hatte er doch auch zwei meiner Beziehungen mitbekommen und daraus folgern können, dass man entweder Glück hatte und auf den richtigen Mann traf oder auf einen, der einen übervorteilen würde, ganz gleich in welcher Art.

»Ich weiß, bei dir sind es auch die Mütter. Selbst wenn der Mann eigentlich ein Guter ist, dann hat ihn die Mutter zu dem gemacht, was er ist«, sagte ich fast spöttisch. »Die Frauen werden von ihren Müttern ein Stück weit zu dem gemacht, was sie sind, aber auch von den Vätern.«

»Aber wer zwingt die Frauen dazu, auf den Strich zu gehen und mit irgendwelchen Idioten im Bett zu landen. Würden die Männer nicht zu Prostituierten gehen, dann würden die sich auch nicht anbieten«, fing Verena wieder an.

»Ach, es ist doch armselig, mit dir darüber zu reden. Das bringt nichts! Es zeigt mir einfach nur wieder, wie unreflektiert Frauen sind«, verzog Wolker sein Gesicht und ging zu Manoun, um zu bezahlen und dann nach Hause zu gehen.

»Ist das jetzt sein Ernst?«, fragte mich Henry.

»Ja, so schön und interessant es mit ihm ist und so gut ich mich sonst mit ihm verstehe, wenn es um dieses Thema geht, ist er eigen.«
Die Unterhaltung die nun keinen der Anwesenden irgendwie angriff, führten wir alleine weiter. Spät verließen wir das Lokal und verabschiedeten uns dann auf ein morgiges Wiedersehen.

Samstag blieb ich tagsüber gegen meine Gewohnheiten zu Hause. Ich wollte Hausputz machen. In allen Ecken und Winkeln Reinheit schaffen. Fenster putzen. Dazu hatte ich Lust. Solange es draußen warm war, wollte ich das ausnutzen. Wer wusste schon, wann das Wetter umschlägt und es kalt werden würde. Der ganze Sommer war so ungewiss.

Spät am Nachmittag legte ich mich für eine Stunde hin und machte mich dann fertig für den Abend.

»Ich möchte, dass du heute Abend Strapse trägst und dich schön zurechtmachst. Ich freue mich auf dich.«

Aha, eine erneute Vorgabe.

»Es sei mir Befehl. Sonst noch einen Wunsch?«

»Nein. Lass dich heute Abend einfach überraschen.«

Gegen halb zehn holte er mich ab. Er hatte einen Stresemann an mit, Tuch um den Hals. Mir verschlug es fast die Sprache, so gut sah er aus. Ich war stolz, diejenige an seiner Seite zu sein.

»Wow. Wo hast du denn das her?«

»Den habe ich noch von der Hochzeit meines besten Freundes. Wir waren da alle so angezogen.«

Er nahm meine Hand, ging einen Schritt zurück und schaute mich an: »Aber ich kann das Kompliment zurückgeben.«

Ich hatte die sexy Unterwäsche an, die er erahnen konnte, denn darüber trug ich ein zweiteiliges Outfit aus dezenter durchsichtiger Spitze. Sehr gewagt und sehr frivol. Aber es passte zu dem Abend im *Club Fatale*.

Auf dem kleinen Parkplatz fanden wir gerade noch einen Platz. Die Veranstaltung schien gut besucht zu sein. Ich freute mich auf den Abend, wollte tanzen. Als wir eintraten, bekamen wir ein Glas Sekt zur

Begrüßung.

»Die Dame…«, sagte André, der an diesem Abend den Eingang betreute und gab mir das Glas.

»Der Herr«, lächelte er Henry verschmitzt zu. »Es scheint dir hier zu gefallen. Schön, dass du heute wieder da bist. Und mit Charlotte hast du ja auch eine wunderbare Frau dabei.«

Einige Gäste tanzten.

»Schau Henry, die tanzen Tango. Ich würde auch so gerne Tango mit dir tanzen«, sagte ich wehmütig.

»Wir werden demnächst was organisieren. Versprochen. Ich kümmere mich darum.«

Wir stellten uns an den Rand. Es füllte sich zu einem ziemlich engen Gedränge auf der Tanzfläche, als die Musik wechselte.

Viele interessante Menschen in ausgefallenen Outfits waren zu bewundern. Das war der hauptsächliche Grund, weshalb es mich hierher zog. Offene, unbekümmerte Menschen, die ihre Offenheit und Ausgefallenheit lebten. Nicht verlogen spießig, die hinterrücks fremde Betten suchten. Hier gab es mehr monogame als unter den bürgerlichen Strukturen. Hier band die besondere Art des Liebesspiels. Wer hier seinen Partner fand, der konnte mit ihm das erleben, wovon er immer träumte. Die polyamourös lebten, klärten den Partner auf, damit er sich entscheiden konnte, ob er so leben wollte oder nicht. So einfach war das.

Henry streifte mir über den Rücken und küsste mich.

»Charlotte, ich will, dass du nachher mit mir in den Spielraum gehst, dir die Augen verbinden lässt, auf den Schemel kniest und dich ergibst. Ich will, dass du dich nicht bewegst und zulässt, was geschieht, keine Ansage, kein Reden. Willst du?«, fragte er mich.

Die Vorstellung ließ meinen Körper erzittern. Mir

wurde heiß. Er wollte mit mir spielen. Er wollte mich vielleicht wieder berühren. Wundervoll, ganz wundervoll. Hoffentlich würde es nicht so lange dauern, bis es passierte. Wie sehr freute ich mich darauf.

Nachdem wir ausgetrunken hatten, denn in den Spielraum durften keine Getränke mitgenommen werden, führte er mich hinter den Vorhang. Auch andere Menschen suchten hier ihr Vergnügen. Der eine wurde gepeitscht, eine andere gefingert. Andere schauten im offenen Raum zu, aber wir gingen in einen hinteren Raum. Er zog den Vorhang zu. Niemand sollte uns stören. »Zieh dich aus.« Ich tat, was er sagte.

»Nur die Strapse und die Schuhe sollst du anbehalten.«

Bald hatte ich mich meiner Kleidung entledigt und hatte nur noch das an, was er gefordert hatte.

»Ab jetzt kein Wort mehr.«

Ich beugte mich, wie er es befohlen hatte, über den Schemel. Er verband mir die Augen.

»Und nicht mehr rühren, egal was passiert! Versprichst du es mir?«

Ich nickte, gemäß seinen Anweisungen.

»Ich werde ab jetzt nicht mehr mit dir sprechen. Erst wenn ich das Tuch abgenommen habe, werden wir miteinander reden.«

Ich hörte die laute Musik von draußen. Wie selbst der Bass seinen Weg hierher fand. Der sakrale Geruch hier überall im Raum.

Dem Gefühl nach musste ich lange verharren, aber bald spürte ich die Schläge der Gerte auf meinem Hintern, sehr dezent, sehr liebevoll zunächst, fühlte das Streicheln auf meinem Hintern. Außer dem Stöhnen, das aus mir herauskam, sagte ich kein Wort. Ließ mich einfach nur darauf ein und genoss. Er hatte inzwischen ein Gespür, welche Dosis für mich richtig war. Was hart genug war, dass es ein wenig weh tat, aber dennoch sanft genug, das es gut für mich war.

Ich spürte erregt, wie die Begierde meine Brustwarzen aufrichtete, wie den gesamten Körper die Lust erfasste, die er mir gab. Dann hörte er auf und es dauerte wieder ein Weilchen, bis ich etwas wahrnahm. Ich spürte seine Hand auf meinem Hintern, die mich streichelte. Oh, er tat dies so wundervoll. Seine Hand berührte mich an meinem Hügel. Wie er mich massierte und drückte, dann den Finger an meiner empfindlichsten Stelle. Wie er mich rieb. Ich merkte immer wieder, wie er aufhörte und wieder mit einem benetzten Finger zu mir zurückkam, um mich zu reiben. Es war kaum erträglich, so schön, so sehr empfand ich, weil ich so voller Verlangen war. Verlangen nach ihm. Er drückte meinen Oberkörper mit seiner Hand noch ein Stück weiter nach unten. So dass er die ganze Herrlichkeit zwischen meinen Beinen sehen konnte. Es war schwer, nichts zu sagen, aber ich beugte mich weiterhin seinem Befehl und genoss, spürte, wie sein Finger in mich eindrang und in mir kreiste. Dann verharrte er kurz und schlug mir auf meinen Hintern. Wie ein elektrischer Schlag durchzuckte es meinen Körper, als er erneut in mich eindrang. Aber nun waren seine Finger fordernd, stießen mich heftig an den G-Punkt. `Weiter, weiter, mehr`, wollte ich schreien, aber er hatte mir ja verboten, mit ihm zu reden und auch er sprach nicht mit mir. Oh wie gerne hätte ich ihn berührt, ihn geküsst und ge-fühlt, aber ich verharrte weiter und genoss einfach nur. Er stieß und stieß in mich hinein und plötzlich fühlte ich, wie ich ausfloss, wie alles aus mir heraus spritzte. Ich schrie die Lust aus mir heraus. Er hörte nicht auf, es mir zu machen, ließ mich weiter in diesem herrlichen Orgasmus, den ich so noch nicht kannte. Was lief hier aus mir heraus? Ein Gefühl, das ich nicht kannte und es nur genoss. Eine andere Art des Orgasmus für mich und was für ein wunderbares Geschenk, das er mir bereitete.

Dann hörte er auf und ich fühlte ihn zwischen meinen Beinen, fühlte seine Eichel an meiner Öffnung. Er drang in mich ein und begann, mich mit rhythmischen Stößen zu bearbeiten. Es war wunderbar, endlich von ihm genommen zu werden, ihn endlich spüren zu dürfen. Endlich war er in mir. Er stieß fest in mich hinein, hielt mich am Becken fest. Ich spürte sein Glied in mir. Ich spürte ihn, spürte, wie mei-ne Vagina sein bestes Teil fest umschlang. Wie ger-ne hätte ich ihn gesehen, ihn berührt und gekostet. Aber er gönnte mir dieses wunderbare Vergnügen nicht. Ich ließ mich einfach nur fallen. Er änderte seinen Rhythmus und stieß mich rechts und nach links. Immer weiter in mich hinein. Er packte meine Pobacken und zog sie auseinander, so, dass er noch tiefer in mich hinein kam. Ich hechelte und stöhnte, der Ekstase nah, nahm seine Hände an meinen Brustwarzen wahr, die er mit seinen Fingern zog und die dann in seinen Händen lagen. Ich war da und doch nicht bei mir. Ich war fürchterlich erregt. Hatte ich es doch so sehnlich gewünscht, dass er endlich in mir sein würde. Doch nun zog er sein Glied aus mir heraus. Ich fühlte die Wärme zwischen meinen Beinen, von seiner Lust und meiner. Dann drang er wieder in mich ein. Ich stellte mir vor, wie er mich sieht, meinen Rücken, mein Hinterteil und wie er sein Glied raus und rein bewegte. Ich wollte mich dazu bewegen, aber ich tat es nicht. Ließ einfach nur das Gefühl der Leidenschaft zu, das er in mir erzeugt hatte. Dann nahm er sein bestes Teil aus mir heraus und ließ mich wieder durch die Bewegung seiner Hände kommen, um mich anschließend wieder hart zu vögeln. Und ich kam in immer kürzeren Abständen, bis auch er unter leichtem Stöhnen kam. Er nahm ihn aus mir heraus. Ich hörte es rascheln und Henry ließ mich weiter verharren. Dann, viel später, spürte ich seine Hand auf meinem Rücken, wie er mich nach oben zog und mir dann die Augenbinde abnahm.

Er sagte: »Ich danke dir für dein Vertrauen und deine Leidenschaft« und gab mir einen Kuss auf den Mund. Ich suchte meine Kleider zusammen, zog mich an. Er öffnete den Vorhang. Wir gingen zurück in den Tanzsaal und hatten noch einen wunderbaren Abend. Ich war so glücklich, dass er endlich in mir war. Endlich war das passiert, was ich mir so ersehnt hatte. Und jetzt hatten wir einen Anfang gemacht. Wie schön würde es noch werden, wenn ich ihn anfassen und verwöhnen würde.

Mittwoch Abend holte er mich zu der längst vorgeschlagenen Weinprobe ab. Ich hatte, wie gefordert, einen Minirock, Netzstrümpfe, High Heels und eine tief dekolletierte Bluse an.

Voller Stolz ging er Hand in Hand mit mir zu der Veranstaltung. Überall standen offene Weine. Es gab verschiedene Leckereien als Fingerfood: Lachs mit Meerrettich-Dillsauce, in frittierten Teig gehüllt, glasiertes Hühnchenfleisch, Gemüsevariationen mit süß-saurer Ummantelung und vieles mehr. Käsestücke mit Frucht waren überall zu finden. Auf kleinen Spießen steckten sie in ihrem Halter. Ich war auch hungrig, hatte tagsüber vor lauter Arbeitswahn kaum gegessen. Und nun ließ ich es mir schmecken. Es war köstlich. Henry stellte mich dem Geschäftsführer der Weinhandlung vor: »Das ist meine Freundin Charlotte. Sie liebt Primitivo genauso wie ich. Aber ich würde es begrüßen, wenn du ihr ein wenig den Bordeaux erklären könntest. Vielleicht entdecken wir da eine ganz neue gemeinsame Leidenschaft zu einem anderen Wein.« Er blickte dann zu mir: »Das ist Herr Schmitt, der schmeißt hier den Laden und hat ein Wissen über Wein, das seines gleichen sucht«, stellte er mir auch den Geschäftsführer vor.

»Habt ihr denn schon was gegessen?«

»Ja, ich hatte Hunger. Es schmeckt alles sehr lekker«, gab ich zu.

»Ich hole mal einen Käseteller und Brot, dann könnt ihr zwischen den verschiedenen Weinen den Geschmack neutralisieren.« Wir tranken einen Gran Vin de Bordeaux, der uns gleich zu Anfang besonders gut schmeckte. Für den Malbec konnte ich mich nicht begeistern. Ein weiterer schmeckte uns zu intensiv, aber das lag vielleicht daran, dass er schon ein wenig zu lange offen war und den typischen Cognacgeschmack angenommen hatte, er-klärte Herr Schmitt und öffnete noch mal den gleichen Wein. Der sagte uns aber immer noch nicht so zu, wie der erste Wein, den wir probiert hatten.

»Ich würde gerne mal was zu dem Chateau du Neuf du Pape wissen. Was macht diesen Wein denn so besonders?«, klinkte sich ein weiterer Weinfreund ein und schaute uns an: »Ist das in Ordnung?«

»Das Besondere ist, dass dieser Wein aus dreizehn Rebsorten gemacht wird, die entweder zusammen gemaischt werden oder getrennt, das kommt auf den Winzer an«, erklärte Herr Schmitt.

Aber ich wusste nicht, was er meinte. So gut kannte ich mich nicht aus: »Gemaischt?«

»Das heißt, in den Weinfässern gären lassen. Wenn man jede Rebsorte alleine maischt, dann kann man sie nachher, wenn man das Cuvée macht, zusammen geben, dann ist das Ergebnis besser kontrollierbar. Das heißt, man kann besser abstimmen und kann durch prozentuale Zugabe auch noch besser regulieren. Und wenn von vornherein die Trauben gemischt werden, dann ist das nicht mehr möglich«, erklärte er nicht ohne eine gewisse Faszination. »Bordeaux ist ein Anbaugebiet. Das könnt ihr hier auf der Karte sehen.« Diese hing übergroß an der Wand. Hier waren alle Weinanbaugebiete Frankreichs in einer Übersicht.

Er zeigte auf die besagte Karte.

»Wir haben hier einen getrunken, der schmeckte uns sehr gut. Was ist das für einer?«, wollte Henry wissen und deutete auf die fragliche Flasche.

»Der kommt aus Pomerol. Er ist aus einem bedeutenden Weingut und zählt zu den Großen. Das Weingut liegt hier bei Saint Emilion. Das ist ganz klein. Da gibt es auch denMedoc. Schaut einfach mal hier drauf.«

»Das heißt, in Bordeaux werden verschiedene Rebsorten angebaut?«, fragte der andere Mann.

»Ja Cabernet Sauvignon, Cabernet Franc und Merlot. Je nach Gebiet wird eine andere Sorte angebaut. Der Merlot reift schneller am Stock und schneller in der Flasche. Der ist gefällig. Alles in der östlichen Ecke ist sehr jung zu trinken. Die anderen haben mehr Gerbstoffe«, erklärte er uns.

Es war in allem ein sehr entspannter Abend und wir unterhielten uns weiter über Weine, trafen Bekannte von Henry und der andere Mann verfolgte uns regelrecht und wir kamen mit ihm ins Gespräch. Er war bis vor kurzem bei einer Bank beschäftigt, jetzt hatte er nach langen Jahren einen Burnout und die Bank hatte sich von ihm getrennt. Auch Henry erzählte von seinem beruflichen Stress und der Trennung von seiner Frau. Ich hatte wieder das Gefühl, dass er das nicht so ganz abgeschlossenen hatte, auch wenn er sich rührend um mich kümmerte. Ein wenig angetrunken brachte er mich nach Hause. Nächstes Wochenende sei wieder mal seine Tochter da, aber nächsten Donnerstag würden wir uns sehen können. Ich solle zu ihm kommen, bat er mich. Die Zeit verging wie im Flug. Pünktlich um acht fand ich mich bei ihm ein. Er öffnete die Tür und verband mir die Augen.

»Ich will das Spiel vom letzten Mal wiederholen. Ich werde dich ausziehen, dann kniest du dich auf das Bett. Du redest nicht und ich rede nicht. Okay?«

»Okay«, antwortete ich überrascht.

»Und – Du wirst mich auch nicht berühren!«, gab er vor.

Seine Wohnung war in einen ungewohnten Duft gehüllt, als ob er Duftkerzen angezündet hatte und eine ziemlich laut aufgedrehte Musik drang an mein Ohr. Er nahm mich an der Hand und führte mich wohl in sein Schlafzimmer. Er zog mich aus und brachte mich zu seinem Bett, auf das ich mich wie gewünscht hinkniete. Dann ließ er mich wieder kurz verharren. Ich spürte, wie mich Fingernägel an meinen Schenkeln berührten, mich sanft kratzten, dann wieder streichelten. Ich spürte diesmal nicht seine Hände zwischen meinen Beinen, sondern ich spürte gleich die Wärme seiner Haut, wie er in mich eindrang und schnell seinen Rhythmus fand. Bald spürte ich seinen Finger hinten an mir, wie er mich massierte, wie sein Finger langsam in mich eindrang. Mein Orgasmus stieg in meinem Körper nach oben, von meinem Intimsten bis zum Kopf, wo er schnell ankam und ich ungeahnt heftig explodierte. Wie konnte es nur so schnell gehen, aber es war herrlich. Er stieß mich fest und heftig. Ich spürte seine Männlichkeit an meine Klitoris schlagen. Wie elektrische Schläge durchzog es meinen Körper. Ich atmete heiß vor mich hin. Wie gerne hätte ich mich dabei gerieben, aber ich durfte mich nicht bewegen. Ich stellte mir vor, wie ich sein Glied in meinen Mund nehmen würde, um daran zu saugen. Wie gerne hätte ich ihn jetzt vor mir gesehen und ihn liebkost. Ich spürte, wie sein Finger stärker in mein Hinterstes eindrang, dann ein weiterer Finger, wie er mich weitete, während er mich weiterhin vorn ausfüllte. Dann glitt er aus mir heraus, seine Finger blieben aber in meinem engen Loch und bearbeiteten mich weiter. Ich gab mich ganz seiner Lust hin, einer wunderbaren, erfüllenden Lust. Endlich war er wieder in mir, zog seine Finger aus mir heraus. Ich hörte seinen schneller werdenden Atem, hörte auch seine Lust, nicht deutlich, nicht klar, die Musik, die er angestellt hatte, war zu laut, aber schön. Ich spürte seinen Mund auf meinem Rücken, wie er mich küsste, wie er mit seinem Gesicht meinen Rücken entlang fuhr, bis er endlich an meinem Delta ankam und mich leckte. Jede Stelle zwischen meinen Beinen liebkoste er und dann kam er dorthin, wo er zuvor seine Finger in mir hatte. Es war fremd, aber wunderschön. Ich ergab mich ihm ganz, ließ mich von seiner Zunge erkunden. Dann fühlte ich, wie er sich wieder aufrichtete, wie er sein Glied vor diese enge Öffnung brachte und in mich eindrang. Ganz sachte führte er es ein und bewegte sich nur ganz langsam in mich hinein. Ein ungewohntes Gefühl, so leicht genommen zu werden, aber ich war bereit für das, was er mit mir tat. Ich kostete jeden Moment aus. Und dann schien er völlig in mir drin zu sein. Er fing an, mich zu stoßen, tief in mich hinein, fordernd, lustvoll, gierig. Voller Verlangen hielt ich mich ihm entgegen und schon kam ich wieder. So intensiv, dass mein ganzer Körper erschauderte. Ich nahm seine Bewegungen wahr, ließ mich treiben und er wurde heftiger und kam in mir. Er verharrte einen Moment und zog sich aus mir zurück.

Ich hörte wieder nur die laute Musik und legte mich flach auf das Bett, ruhte mich aus. Ich war einen Moment weggedöst, aber ich nahm Henry neben mir war. Er war schon angezogen, als er mir die Augenbinde abnahm und ich sah in seine warmen, braunen Augen.

»Hat es dir gefallen?«, fragte er mich.

»Ja sehr.«

»Es freut mich immer wieder, deine Lust zu sehen.« Er gab mir einen Kuss.

»Weißt du was? Ich habe Hunger. Du auch? Ich könnte uns eine Kleinigkeit machen«, schlug er mir vor.

Ich stand auf, ging mit ihm in die Küche. Auf dem Weg dorthin reichte er mir seinen für mich eigentlich zu großen Bademantel und ich hüllte mich darin ein. Ich war selig. So schön und harmonisch war dieser Abend. Meine Augen strahlten, als ich nach Hause fuhr.

Morgens wachte ich auf und wusste nicht, wie mir geschah. Ich hatte Schmetterlinge in meinem Bauch, die nicht wilder hin und her fliegen konnten. Ich war so verliebt. Hatte ich zuvor schon Gefühle für ihn, so waren sie jetzt von zehn Schmetterlingen auf tausend vermehrt. Die letzten Male waren so intensiv für mich. Ich war glücklich, aber mein Kreislauf spielte verrückt. Ich fühlte mich wie im Honeymoon, wollte überhaupt nicht an die Arbeit, hatte aber mittags einen Termin im Studio. Eine kleine Sache. Ich sollte nur einen kurzen Text für die Warteschleife eines Autohauses einsprechen. Bis dahin wollte ich es mir gemütlich machen und mich einfach nur in diesen positiven und starken Gefühlen einhüllen. Gerne hätte ich ihm jetzt ein Liebesgedicht geschrieben. Irgendwas in der Art von Erich Fried, irgendetwas Schönes, das beschreiben sollte, was ich gerade empfand. Doch ich entschied mich anders, weil ich nicht wirklich das beschreiben könnte, was ich in mir fühlte. Ich hatte ein wenig herumgedichtet, aber so richtig wollte es mir nicht gelingen, war es nicht was ich ihm rüberbringen wollte. Es war nicht reif genug, zu wenig reif für das, was mit uns war. Dann fand ich ein Lied, dass vielleicht ein wenig von dem ausdrückte, wie mir war:

Verwoben, geboren im Glück spür ich dich so sehr. Verwoben, geboren im Glück mehr brauche ich nicht mehr. Verwoben, geboren im Glück ich bin mit dir so gern. Verwoben, geboren im Glück ich gebe dich nicht mehr her.

Nur ein kurzer Augenblick, es war um mich geschehen.

Immer, immer wieder, ich lass mich auf dich ein.

Wo immer du auch bist, du wirst es immer sein, du gehst mir nicht verloren, wie die Sterne, die ewig scheinen. Ich bin dein, ich bin dein. Verwoben…

Ja, das hoffte ich, ihn nie mehr zu verlieren. Er sollte weiterhin meinen Weg begleiten, weiterhin mit mir sein. Vielleicht, jetzt wo er mit mir geschlafen hatte, vielleicht hatte er jetzt endlich ja zu mir sagen können, endlich mit seiner Vergangenheit abschließen können. Vielleicht waren wir auf einem richtigen Weg miteinander. Ach, würde er empfinden können, was ich fühlte. Jede Zeit der Welt werde ich ihm geben. Jede Zeit nehme ich mir für ihn, damit das, was wir haben, so besonders bleibt. Für ihn und für mich.

Kurz bevor ich ins Studio ging, gönnte ich mir eine Kuschelrunde mit meinen Katzen. Ich legte mich noch einen Moment auf das Sofa, beide Tiere an mich geschmiegt, jede genoss es und sie schnurrten ganz dicht an mir. Eine wohltuendere Entspannung konnte es kaum geben. Es folgten Stimmübungen und anschließend legte ich mich in die Badewanne, um weiter zu entspannen. Das machte ich immer, wenn ich ins Studio ging. Das tat meiner Stimme immer gut.

Dann fuhr ich ins Studio, sprach meine Sätze ein und war schnell fertig. Schnell verdientes Geld war das. Ich hatte immer wieder gute Aufträge, Das begann während meines Studiums. Ich hatte mir dadurch mein angenehmes Leben mitfinanziert. Noch immer machte ich das noch mit der gleichen Leidenschaft, wie damals, als man mir sagte, ich hätte eine schöne Sprechstimme. Den Kunden gefiel sie. Auch die Art meines Sprechens. Ich wurde immer wieder gut gebucht. Ich konnte mir auf diese Weise schon den einen oder anderen Luxus leisten. Und ich mochte es, so vielseitig beschäftigt zu sein. Ich dachte an die Kontaktanzeige Henrys. Auch er wünschte sich eine vielseitige Frau. Eigentlich war ich all das, was er sich wünschte. Aber ich hatte auch meine Zweifel. Ich hatte noch nie eine Nacht mit ihm. Noch nie wollte er, dass wir eine Nacht gemeinsam verbringen. Vielleicht war ihm nicht nach so viel Nähe, wie mir. Was sollte sonst der Grund sein? Auf dem Weg ins Studio bekam ich eine SMS, dass er mich mit nach Augsburg nehmen wollte, wenn ich möchte. Er hätte nur einen kurzen Termin am nächsten Mittwoch und wenn ich Lust hätte, dann könnte ich mir doch in dieser Zeit die Stadt anschauen, die sei sehr interessant. Wir könnten dann abends zusammen essen gehen und dann wieder zurück fahren.

»Klar habe ich Lust. Und kann es mir auch einrichten.«, schrieb ich ihm zurück.

Ich freute mich darauf und ich wurde nicht enttäuscht. Augsburg gefiel mir richtig gut. Wir hatten in der Innenstadt geparkt und so war ich schnell im Zentrum. Ich kam zu den kleinen Häuschen, den Fuggerhäuschen, in denen auch heute noch Leute lebten. Dieser schöne idyllische Innenhof. Wie eine kleine Zwergenstadt kam es mir vor. So wenig real. Wie eine andere Welt. Wie verzaubert verharrte ich dort und saugte diese andere Welt ein. Vor meinem geistigen Auge konnte ich mir vorstellen, wie es vor Zeiten gewesen sein musste, hier zu wohnen. Schön und angenehm fühlte sich der Blick in diese andere Welt an. Vor dem Bahnhof war ein kleiner Markt, ganz anders als bei uns. Auch die Luft duftete irgendwie anders. Ich genoss hier entlang zu schlendern, kaufte aber nicht ein. Es gab nichts was ich brauchen würde.

Um fünf Uhr wollten wir uns wieder treffen. Ich hatte noch ein wenig Zeit. Ich kam am Rathaus vorbei und blieb stehen.

»Sie können da ruhig hineingehen. Wir haben hier wirklich ein Prunkstück in dieser Stadt.«

Warum eigentlich nicht? Gerne wollte ich es mir ansehen. Er folgte mir nach, ließ mich aber dann irgendwann alleine gehen. Ich kam mir noch immer vor, wie in einer anderen Welt. Dieses Augsburg übte eine Faszination auf mich aus, die ich so bisher kaum erlebt hatte. Hier herrschte irgendwie eine besondere Stimmung. Oder lag es nur an Henry? Vielleicht war es von beidem etwas. Es war, als würde etwas Besonderes geschehen. Als würde sich für mich etwas Wunderbares offenbaren. Etwas, das mein Leben verändern würde, doch ich wusste nicht, was es sein sollte. Ich blieb in diesem Gefühl, das sich eingestellt hatte und schaute mir den goldenen Saal an. Henry war nicht bei mir, aber ich fühlte seine Gegenwart auf Schritt und Tritt.

Als wir uns wieder trafen, führte er mich in ein wunderbares Restaurant, in dem wir auf Firmenkosten aßen.

»Weißt du was? Ich hätte Lust, irgendwann mal mit dir nach Venedig zu fahren.«

Mir wurde ganz heiß. Nach Venedig, in die Stadt der Liebenden. War das jetzt die Nachricht über seine Gefühle zu mir. Nach Venedig fährt man doch nur mit einem Menschen, für den man etwas fühlte. Rührselig fingen meine Augen an zu glänzen.

»Ja gerne, lass uns mal nach einem Termin schauen.«

»Das machen wir dann spontan. Ich richte das schon für uns ein.«

Ich schaute ihn an und war immer noch sprachlos. Wie in Demut aß ich mein Abendessen und war glücklich.

Spät fuhren wir nach Hause und wie immer wurde ich abgesetzt. Er kam nicht noch zu mir herein.

Er war schon wirklich merkwürdig. Nach Venedig will er mit dir, aber bis jetzt keine einzige gemeinsame Nacht. Ist es ein Spiel, das er da mit mir treibt oder ist er sich gar nicht bewusst, was er tut und in welche Gefühlswallungen er mich immer wieder bringt. Es wird schon werden. Ich gebe ihm die Zeit. Es läuft schon alles in die richtige Richtung. Das wollte ich und spürte ich. Es wird schon alles gut. Sei einfach nur geduldig. Rom wurde auch nicht an einem Tag erschaffen, hieß es doch so schön. Ich sollte einfach alles, was wir hatten, nur genießen und alles andere macht die Zeit und die sollte er haben.

Ich wollte nur kurz einen kleinen Drink zu mir nehmen, Shoppingtouren sind doch anstrengend, merkte ich. Einfach kurz einen Moment verweilen. Haus Neun war da gerade das richtige für mich. Einfach unkompliziert was Kleines essen. Ich fand einen Platz an der Theke. An einen Tisch wollte ich mich nicht setzen. Ich bestellte einen `Handkäs mit Musik` und einen Apfelwein. Ich saß einen Moment da, als ich bemerkte, dass mich jemand beobachtete. Da sprach er mich auch schon an.

»Schön, dich zu sehen. Was machst du hier?«, sagte dieser Mann, den wir bei dem Winzer getroffen hatten.

»Ich war bummeln«, antwortete ich überrascht.

»Du bist echt eine heiße Frau. Deine Muschi ist wunderschön«

»Wie? Was?«, fragte ich entsetzt.

»Ich habe dich doch so wunderbar gevögelt, und du hast so wunderbar gespritzt.« Ich spürte seine Alkoholfahne mir entgegen wehen.

»Du musst mich verwechseln.«

»Nein, ich verwechsel dich nicht. Du hast doch den Kerl, der es dir nicht macht.«
Völlig perplex wusste ich nicht, was ich darauf erwidern sollte. Was sollte das?

»Wie meinst du das?«
Er kam mir näher, legte seine Hand um meine Schultern und rückte noch dichter an mich heran. Sein Atem roch nach Alkohol, dass mir davon fast übel wurde.

»Dein Henry hat mich dazu geholt, dich zu vögeln. Du hast echt einen heißen Hintern. Wie du so vor mir gekniet hast«, fing er an zu schwärmen.
»Da geht jetzt was nicht zusammen.« Oder doch? Allmählich dämmerte es mir. Ich hatte ja nie gesehen

wer es mit mir gemacht hatte.

»Wann war das?«

»Eine Woche nachdem wir uns kennengelernt hatten, in dem *Club Fatale* und noch einmal bei ihm zu Hause.«

Ich war völlig konsterniert. Das durfte nicht wahr sein!

´Und Henry? Hat er mitgemacht?´ Mir schossen alle möglichen Gedanken durch den Kopf. Warum? Weshalb? Wie konnte ich das nicht merken? Wie konnte er diesen Kerl an mich heran lassen? Einen Trunkenbold, der jede Ästhetik eingebüsst hatte. Er stand immer noch zu nah bei mir. Seine Haare waren zersaust, sein Hemd hing aus der Hose. Auch, wenn er den Ausdruck eines aparten Mannes hatte, er war ungepflegt und nie hätte ich so einen Mann an mich herangelassen. Und er war in mir drin! Ich hatte keine Wahl gehabt.

Henry hatte ihn mir zugeführt. Was für ein Vertrauensbruch! Wie konnte er mir das nur antun?

»Dein Typ kann halt nicht«, hörte ich ihn von Weitem sagen. »Ich kann es dir immer gut besorgen. Du brauchst es mir nur zu sagen.« Mein Magen krampfte sich zusammen, mein Delta fing an unangenehm zu bitzeln.

Was hatte Henry in der Zeit gemacht. Hat er sich einen darauf runter geholt, als ein anderer in mir drin war? Es war abscheulich!

Mir lief ein Schauder über den Rücken. Ein Kälteschauer fuhr durch meinen Körper, als hätte ich eine schwere Grippe. Ich taumelte, obwohl ich saß. Die Laugenbrezeln, die vor mir standen, bewegten sich im Korb.

Ich wusste nicht, wie mir geschah. Ich fühlte mich wie ein geprügelter Hund, schaffte nicht, mich in

Fassung zu bringen, so durcheinander war mein Innerstes.

Der Mann, den ich liebte, hatte sich von Anfang an eines Anderen bei der intimsten Lust bedient.

Was war ich für ihn? Was sollte das bedeuten? Ein Mann, der mich so wenig begehrte und der mich von einem anderen bevögeln ließ, damit er es nicht machen musste.

»Du bist eine echt tolle Frau. Und für mich war das grßartig. Ich will dich wieder haben.«

»Du. Du. Geh mir aus den Augen! Ich werde mit so einem wie dir niemals etwas haben. Was glaubst du? Ich hätte dich niemals angefasst!«, schrie ich ihn an. Tränen liefen über mein Gesicht.

Ich war sauer auf ihn, nicht nur auf Henry. Ich war empört und mein Herz schlug bis zum Hals. Meine Beine schlotterten. Es war, als würden mir der Boden unter den Füßen weggezogen. Was war mir hier geschehen?

Es war das Schlimmste, was mir je passiert war. Ich, die so in Henry verliebt war, die dachte, er hätte sich nur was Besonderes überlegt, ich, die dachte, dass er auf Ausgefallenes steht. Ich glaubte, er könne nur, wenn ich ihn nicht ansehe, zunächst. Aber nie? Nie hatte er mit mir geschlafen, nicht ein einziges Mal. Wie grausam war das alles für mich.

»Gib mir deine Telefonnummer. Ich will vielleicht noch mal mit dir reden«, stotterte ich.

Er kramte in seiner Hosentasche und holte eine zerknitterte Visitenkarte hervor.

Ich nahm sie, stand auf, fischte zehn Euro aus meinem Portemonnaie und legte sie hin. Ich wollte nur noch weg. Egal wohin. Wohin eigentlich? Nur raus! Nur weg! Wem würde ich das jetzt erzählen können. Sollte ich nach Hause? Nur Laufen, mich einfach bewegen. Kaum vor der Tür merkte ich, wie stark der Regen draußen war, der mir ins Gesicht peitschte, so brausend war der Wind. Es war draußen wie in mir. Es blitzte und donnerte. Ich würde sonst bei einem solchen Wetter nicht aus dem Haus gehen. Mir war alles egal, als ob ich das Schicksal herausfordern wollte.

Völlig durcheinander und durchnässt lief ich die Straßen entlang, schluchzte und weinte vor mich hin. Die Passanten, die mir begegneten, schauten mich fragend an, aber mir war es gleich. Mir war überhaupt alles egal. Welch ein Schlag. Welcher Täuschung war ich erlegen?

Ich weiß nicht, wie lange ich unterwegs war. Irgendwann war ich im Bahnhofsviertel.

»Kommen sie doch rein!«, hörte ich einen Animierer zu mir sagen, der vor einem Tabledanceladen stand. Völlig ausdruckslos sah ich ihn an und blieb stehen. Ich wusste nicht, wie lange. Benommen lief ich weiter. Vorbei an den Männern, den Huren, den Eingängen der Lokale, vorbei an dem Gestank und den Leuchtreklamen bis ich stehen blieb.

´Was mache ich eigentlich hier?´, fragte ich mich irgendwann. Ich hielt ein Taxi an und ließ mich nach Hause fahren.

Völlig durchnässt kam ich zu Hause an. Meine Katzen begrüßten mich irritiert an der Tür.

Wie ein nasser Hund machte ich ihnen frisches Essen und Wasser, zog meinen Mantel aus, schlüpfte aus meiner Kleidung, ging ins Bad, stieg in die Wanne und ließ mir heißes Wasser einlaufen. Das war das, was ich jetzt brauchte, heißes Wasser in der Wanne. Meine Beine und Hände liefen rot an, aber ich kam zur Ruhe, auch wenn ich meinen Herzschlag deutlich pochen hörte. Die nassen Haare in ein Tuch eingehüllt, legte ich mich mit meinem Bademantel ins Bett.

Ein Anruf von Henry holte mich aus dem Schlaf. Ich ließ es klingeln. Ich wollte seine Stimme nicht hören. Was sollte ich ihm auch sagen? Was sollte ich erklären? Dann schlief ich wieder ein. Morgens wachte ich auf und hatte fast vergessen, was passiert war, aber dann fiel mir der gestrige Alptraum wieder ein. Ich musste unter die Dusche. Der ganze Dreck dieses Kerls musste von mir runter. Danach zog ich meine Arbeitskleidung an und ging ins Atelier. Die Zerrissenheit schien mir gut zu tun. Ich arbeitete bis ich am Abend todmüde war. Ohne auf mein Handy zu schauen, ging ich ins Bett.

Drei Tage verabschiedete ich mich von der Außenwelt und immer wieder kam es mir hoch.

Tags darauf holte Wolker mich ab. Wir wollten die Sonnenstrahlen dieses Tages noch ein wenig genießen. Die Ablenkung würde mir gut tun. Der Herbst zeigte sich so wunderbar sonnig, wie nach dem Sommer nicht erwartet. Kalt war es schon draußen. Die Fahrt zum kleinen See war kurz und wir gingen flotten Schrittes die Wege ab. Wir konnten so wunderbar miteinander sein, weil es stimmte, die Schwingung und auch der Austausch. Nachdem der See umrundet war, kehrten wir im Seerestaurant ein. Eigentlich hatte ich mich auf den wunderbaren

Apfelkuchen gefreut, aber der war aus. So entschieden wir beide etwas aus der Speisekarte auszusuchen. Es war spät. Es konnte gerne eine Abendmahlzeit sein. Das Essen, das dann kam, war enttäuschend. Meine Bandnudeln mit Pesto waren zerkocht, die Soße ekelhaft fettig. Die Geflügelleber auf seinem Salat schmeckte ranzig. Erst später merkte ich, wie wenig das Essen mir bekommen war. Wolker hatte es gleich gespürt. Mir war so schlecht, als ich im *Artcave* ankam. Ich setzte mich dort in eine Ecke zu den anderen und bestellte mir erst einmal einen Kräuterschnaps, den ich dringend brauchte. Aber es war nicht nur das Essen, das mir so auf den Magen schlug. Ich hing noch einmal den Gefühlen der vergangen Tage nach. Es gab keine Toilette, die so groß war, dass alles reinpassen könnte, wie mir eklig war.

Was und wem würde ich noch glauben können? Wie sollte ich ihm je wieder vertrauen? Seine ganze falsche Welt tat sich vor meinen Augen auf. Ich dachte, ich sei mit ihm in der ersten Liga, aber das jetzt war Kreisklasse. Wie eklig war das denn? Wie würde es wohl in ihm aussehen. Ich wagte nicht es mir vorzustellen.

Er hatte mein Herz berührt. Ich wollte wissen, wer er war, ihn erkennen. Doch mein Interesse galt einem Mann, den es so, wie ich ihn wahrgenommen hatte, gar nicht gab. Er war nie wahr gewesen, ich hätte eine Fatamorgana geliebt, die er selbst erschaffen hatte. Er war etwas, was nicht mehr existierte. Stattdessen trat ein Mensch hervor, der nicht widerlicher hätte sein können. Ein Phantom. Die Fatamorgana hatte sich in Luft aufgelöst. Der Mann, den ich liebte, hatte eine Seite in sich, die ich nicht vermutet hätte.

Wusste er in all seinem Treiben, welches Gesicht er aufsetzen musste? Dieser irre Blick des anderen, die verschleierten Augen. Und die Augen, die ich an Henry liebte, die mal für mich gestrahlt hatten, hatten völlig ihren Glanz verloren. Immer wieder sah ich das Gesicht des anderen. Als ob aus dem empathischen Mann ein anderer hervor gekommen war. Ein Dämon war auferstanden.

Die aberwitzigsten Gedanken kreisten in meinen Kopf. Die Facetten der Lust, die wir leben wollten, die ich leben wollte, waren in dem Zusammensein mit ihm nicht gelebt. Jetzt war ich beinahe glücklich darüber, dass es nie real geworden war. Er, der sich eines Werkzeuges bediente, das mich zu befriedigen hatte und nach getaner Arbeit aus meiner Ära verschwunden war, dem er erlaubte mich berühren und in mir sein durfte. Er war da gewesen, weil Henry es so arrangiert hatte. Ich hatte mit einem anderen Mann Lusterfüllung erlebt, die ich mit ihm niemals hatte.

Immer wieder tauchten die Schattenbilder seiner Person auf, die mich wie mein eigener Schatten verfolgten. So sehr ich mich auch bemühte, sie abzuhängen, so dicht waren sie an mir dran. Es schien, als ob die stummen Laute in meinem Gehirn anfingen zu schreien. Ich hatte nicht eine schlechte Erfahrung gemacht. Es war eine Erfahrung von einem anderen Stern, aus einer Galaxie, die mir vorher nicht bekannt war, die noch kein Astrologe bisher entdeckt hatte. Die ganze geballte Ladung an Verwirrtheit war mir entgegen geschlagen. Es waren Schläge, die ich wohl nie vergessen würde. Mit einem Streich hatte mein Leben eine neue Wandlung erfahren. Was ich bisher nicht für möglich gehalten hatte, mein Herz wurde zum Fühlen erweckt, für jemand, den es so nicht gab. Ein Moloch an Unrat, der nicht stinkender aus der Tonne kroch in einer heißen Sommernacht. Es war ein verrücktes Heil, welches für mich entstehen sollte, würde ich hinschauen, würde ich dessen gewahr werden, dass mein Schicksal mir eine besondere Kost serviert hatte. Ich sollte hinschauen, statt lahmherzige Gelassenheit zu leben, was von mir Handlung nach dem Hinsehen erforderte.

Welche Verrücktheit würde mir noch offenbart werden und wollte ich es wirklich wissen? Es gab schon genug zu verdauen. Es würde mir noch sehr lang im Magen liegen. Wird es jemals zu verdauen sein? Ich hatte das Gefühl, daran ersticken zu müssen, so sehr kam es mir hoch. Wie eklig das immer wieder alles war. Wer hatte mir das getan oder warum hatte ich zugelassen, dass mir das angetan wurde? Ich hatte mich oft so aufgehoben bei ihm gefühlt, hatte so oft an ihn gedacht, wenn er nicht da war. Hatte er mich wirklich wahrgenommen und sich überlegt, was es mit mir machen würde, wenn ich wüsste, was er mit mir getan hatte? Aber er war doch ausgezogen, um vielleicht andere Menschen zu täuschen. Tarnen, täuschen und verpissen. Vielleicht hatte er das beim Bund gelernt. Er, der den Rucksack von Komplexen mitbekam, weil seine Frau was mit einem anderen hatte, das er nicht mit ihr hatte, Den Rucksack würde er nicht mehr loswerden. Statt an dem Abwurf der Last zu arbeiten, würde er noch voller werden. Welch ein armseliges Sein war das, was er jetzt lebte. Mein Schrei in der Stille wurde nicht gehört, wer sollte ihn auch hören, diesen Schrei, der ihm bestimmt war, der ihn niemals mehr würde hören können. Weder der Stumme, noch den lauten Schrei, der aus mir drang und händeringend danach suchte, von ihm gehört zu werden. Der Schrei, der schon verebbte, noch bevor ich schrie. Weder seine Ohren noch sein Herz würden es hören können. Ein Schrei in seiner Sprache, die nicht seine Sprache war. Er war Ausländer in meinem verworrenen Herzen, das fast seine Heimat verloren hatte. Kein noch so kleiner Trost wollte sich einstellen. Keine noch so kleine Umarmung meiner selbst wollte mir gelingen. In den Wirren meines Denkens war ich allein und verloren wie noch nie zuvor. Getäuscht, enttäuscht. Es gab keine Täuschung mehr, er hatte sein Meisterstück geliefert. Chapeau. Er hatte sein Meisterstück geleistet. Er erinnerte fast an den jungen James Dean vor Gericht.

Chapeau. Das würde ihm erst einer nachmachen müssen. Oscarreif für einen kleinen Mann aus dem Volk, für den der Vorhang vor mir fiel.

Immer wieder hinterließ mir Henry Nachrichten, schickte mir SMS, die ich zunächst nicht beantwortete. Aber irgendwann schrieb ich zurück:

»Ich habe alles erfahren. Wie konntest du das machen? Lass mich einfach nur in Ruhe!«

Aber er ließ mich nicht in Ruhe, wollte mich sehen, sich erklären. Ihm ginge es schlecht. So habe er das nicht gewollt. Ich solle ihm doch die Chance geben, mit mir zu reden. Ich würde dann vielleicht verstehen. Er wüsste, dass das mit uns etwas

Besonderes sei. Wenn er mit mir reden würde, dann würde ich ihn verstehen. Bestimmt.

Am Sonntag abend meldete sich Henry mit völlig kraftloser Stimme auf meinem Anrufbeantworter und teilte mir mit, er habe Depressionen, ihm ginge es schlecht, er liebe mich. Er tat mir fast leid, aber ich tat mir auch leid und mir trieb es immer wieder Tränen in die Augen. Mir ging es so schlecht, doch auch er litt. Auch er war das ganze Wochenende in der Einsamkeit, weil ihm nicht nach Menschen zumute war. Und ich glaubte ihm. Warum auch nicht? Es fühlte sich klar und ehrlich an. Er hatte mein Band voll gesprochen. Er wollte mir genügen, konnte es aber nicht. Er hätte eine Blockade seit das mit seiner Frau passiert war. Er würde Tabletten nehmen. Die bremsen seine Libido. Er würde ihn nicht zum Stehen bringen. Er wollte mich nur einfach nicht verlieren. Er wollte mir den Sex geben, den ich mir gewünscht hatte. Er hätte das gespürt. Er wusste sich keinen anderen Ausweg, als es so zu regeln. Er sei in tiefer Trauer. Er wolle mich nicht verlieren. Er wolle mich so sehr. Und ich konnte ein Stück weit nachvollziehen, was in ihm vorging, konnte nachfühlen, wie es sich in seiner so tiefen Trauer anfühlen musste. Ich trug sie ja auch in mir. Wenn er wirklich für mich fühlen würde, dann ging es ihm schlecht, wenn er sich gewahr wurde, was er da angerichtet hatte. Ich wusste nicht, was mit mir war. Traurig, dennoch immer wieder an das mit ihm erinnert, an die guten und die schlechten Tage. Und die Liebe zu ihm hatte immer wieder eine Luke gefunden, wo sie durchblitzte. Ich war so wirr, hin und her gerissen zwischen Wollen und Ablehnung.

Er hatte mir nicht den Zutritt zu seiner Seele gestattet. Er hätte mit mir reden müssen, dann hätten wir vielleicht eine Lösung gefunden. Warum kam er erst jetzt damit?

Ich hätte ein Stück das mittragen können, was ihn so unglücklich gemacht hatte. Doch wie, wenn er mich nicht mitnahm, wenn er mir den Zutritt zu seiner Seele verweigert? Dies musste ich wohl oder übel akzeptieren, dass er lieber allein in seinem Drangsal sein wollte. Und ich hatte schließlich auch meinen eigenen Weg. Einen neuen Weg, den ich gehen wollte. Neue Skulpturen schaffen, neue Formen schaffen, aus dem Alten heraus. Und dies hatte nichts mit einer inneren Leere, vielmehr mit dem Wunsch nach Erfüllung, nach Antworten auf meine ureigenen Fragen nach dem Wie und Warum zu tun. Ich fühlte, ich war wieder auf einem Weg. Ein Weg, der mir viele neue Satelliten würde zeigen können, denen ich gestatten würde auf meiner Umlaufbahn zu sein. Und ich wollte weiter bei mir sein, als mich vom Schmerz des anderen und von meinem aus mir heraus katapultieren zu lassen. Jetzt nicht in seine und meine Wirrnisse hinein zu strudeln, sondern den eigenen Weg aus eigenem Wunsch, Antrieb und Neugierde zu gehen. Schlüssig und wahrhaftig sein. Das wollte ich. Und wieder klar, erst einmal zu mir selbst finden. Meine Arbeit zu strukturieren. Endlich war ich wieder produktiv. Und das wollte ich ausnutzen. Es standen ja noch so viele Projekte an. Wer weiß, für was es gut war.

»Liebelein, wo warst du so lange, Ich hätte morgen angerufen, wenn ich dich heute nicht gesehen hätte«, begrüßte mich Manoun, als ich nach zwei Wochen wieder ins Artcave kam.

»Ach du, ich hatte viel Arbeit«, sagte ich nicht überzeugend.

»Komm, erzähl mir nichts«, schaute sie mich an.

»Du hast auch schon bessere Zeiten gesehen. Wieviel hast du abgenommen?«

Ich hatte mich gegen meine Gewohnheiten seit dem Vorfall nicht mehr auf die Waage gestellt. Hatte nur wirklich wenig gegessen, auch ich hatte bemerkt, dass ich eine ganze Kleidergröße verloren hatte, als ich mein Kleid anzog. Es spannte nicht mehr.

»Ach weißt du. Es ist viel passiert.«

»Komm, lass dir nicht alles aus der Nase ziehen. Ist was mit Henry?«

Wieder stiegen mir Tränen in die Augen. »Ja Manoun, es ist etwas ganz Fürchterliches passiert. Henry hat mir die Augen verbunden. Ich dachte, er sei es, der mit mir schläft, aber es war ein anderer Mann.«

»Was?«

»Ja.«

»Und dann hat er es dir gesagt?«

»Nein, der Andere tat es.«

»Aber wieso. Steht er auf so was?«

»Ich weiß es nicht. Nein, er sagte, er wollte mich nicht enttäuschen. Er dachte, ich wollte es und er hat eine Blockade.«

»Das ist ja verrückt. Und weißt du was, du bist nicht die Einzige, wo der Mann nicht kann und sich eines anderen bedient. Das nennt man Cuckold. Ich habe gerade letzte Woche mit einem Paar darüber geredet. Das gibt es anscheinend ziemlich oft. Aber meistens weiß die Frau davon. Die leben das ganz offen. Da musst du unbedingt mit Rebecca Schäfer reden, die kennt sich da aus.«

Rebecca war Sexualcoach. Sie kannte wirklich viel, sie war immer wieder auf Workshops, bildete sich weiter. Schrieb sogar Ratgeber über das Thema Sex.

»Das werde ich machen. Es gibt für mich so viele Fragen dazu. Ich habe noch mit niemandem darüber geredet. Was ein Glück morgen kommt Alina wieder zurück. Ich werde mich einfach mit mehr Sport ablenken und nur tun, was mir gut tut. Es waren wirklich zwei harte Wochen, aber ich habe neue Skulpturen gemacht. Die sind echt spannend geworden. Bin gespannt, was mein Agent dazu sagt.«

Es war gut, hier zu sein. Ich fühlte mich wirklich besser. Vielleicht hätte ich früher mit jemandem reden sollen, aber es hat ja alles seinen Sinn.

Kurz vor zehn kam dann auch Rebecca, die ich gleich überfiel: »Ich habe schon auf dich gewartet. Ich muss dich unbedingt etwas fragen.«

»Lass mich erst mal was trinken, dann gern. Ich komme gerade vom Feldenkrais und will nachher Tango tanzen gehen. Aber was hast du denn auf dem Herzen?«, fragte sie mich dann doch.

Sie bestellte sich ein Getränk und dann setzten wir uns auf eines der Sofas.

»Das muss aber unter uns bleiben.«

»Ja klar. Was hast du denn?«

»Ich hatte einen Mann kennengelernt. Er ist Switcher wie ich, aber wir hatten abgemacht, dass er den dominanten und ich den devoten Part einnehme. Wir haben auch viel unternommen und alles war ganz wunderbar. Irgendwann hat er mir dann die Augen verbunden und ich dachte, er mache es mit mir. Zweimal ist das passiert. Aber es ist herausgekommen, dass das ein anderer Mann übernommen hatte. Er hatte es mir aber nicht erzählt. Manoun sagte, du würdest vielleicht was darüber sagen können.«

»Das nennt man Cuckold«, bestätigte auch sie. »Da bedient sich der Partner eines anderen Mannes. Das kann sehr lustvoll sein.«

»Lustvoll. Wieso das?«

»Du, der Partner kann das nicht geben oder es erregt ihn einfach so stark wenn ein anderer mit seiner Frau in das Liebesspiel eintaucht. Es gibt da verschiedene Abstufungen. Das kann ganz weit gehen. Oft wird das bei einem Paar praktiziert, bei dem er devot ist. Bei dominanten Partnern ist es eher ein Überlassen, ähnlich wie bei der Geschichte der O.«

»Und kann das auch wieder aufhören? Oder geht das dann nur noch so?«

»Kommt ganz darauf an, warum er es will. Für die Meisten ist es ein absoluter Kick.«

»Mein Freund sagte, er macht das, weil er diese Blockade hat. Kann die denn auch wieder weg gehen?«

»Er muss einfach hinsehen. Wenn du willst, dann kommt doch mal bei mir vorbei. Ich biete ja auch Partnerarbeit an. Da wird mit euch beiden gearbeitet und es kann dann wieder Annäherung und Vertrauen stattfinden.«

»Ich weiß noch nicht. Im Moment will ich Abstand zu ihm. Mir war das schon ziemlich heftig. Er hat mein Vertrauen missbraucht.«

»Wenn ihr aber abgesprochen habt, dass ihr auch

eine Spielbeziehung habt, dann kann er auch so etwas mit einfließen lassen.«, verteidigte sie ihn.

Ich dachte über das Gesprochene nach. Es gab also Menschen, für die das zum Liebesspiel gehört. Ich hatte noch nie etwas zuvor darüber gehört, aber es machte mich nachdenklich.

Als ich im Bett lag, gingen mir Rebeccas Worte durch den Kopf. Nach der vergangenen Zeit war ich heute etwas ruhiger und entspannter. Ich hatte die letzten zwei Wochen nicht an Sex gedacht. Und wenn, dann nur mit Abscheu. Irgendetwas hatte sich aber verändert. Zu der Abwehr war auch Spannung hinzugekommem. Was ich doch vielleicht mit ihm haben könnte. Es bitzelte zwischen meinen Beinen. Ich würde besser schlafen können, würde ich es mir jetzt machen. Und ich tat es, konzentrierte mich auf mein Gefühl zwischen meinen Beinen und befriedigte mich solange bis es mir kam. Ich schlief das erste Mal seit Tagen die Nacht durch.

Und dann, nachdem er mich immer weiter mit seinen Nachrichten und Anrufen bombardiert hatte – Schweigen. Jetzt war auf einmal Stille. Was hatte das jetzt wieder zu bedeuten? Was stimmte nicht? Ich konnte es mir nicht erklären. Hatte er sich vielleicht wieder mit seiner Frau versöhnt? Hatte er eine andere Frau kennen gelernt? Gab es eine Neue, bei der er sich würde öffnen können? War er vielleicht, wenn er geschäftlich weg war, mit einer anderen Frau zusammen? Was wusste ich denn schon über ihn und seinen Beruf, außer, dass er schwer beschäftigt sei und irgendetwas mit EDV und Sicherheit zu tun hatte. Ich hatte nie gefragt, weil ich dachte, er erzähle es mir schon noch. Vielleicht hatte ich vieles nicht mitbekommen, weil ich zu wenig von ihm wissen wollte, weil ich einfach nur genoss. Der Umstand, dass er in die Stille ging, irritierte mich zusehend. Von einer Gefühlswallung in die nächste getrieben beschloss ich, ihm zu schreiben und zu fragen, ob er noch mal mit mir reden wolle.

Er hielt meine Hände fest und schaute mir starr in die Augen.

»Henry! Du musst mit mir reden! Ich halte das nicht mehr aus so wie es ist! Ich kann das nicht leben. Mich macht das wahnsinnig.«, erklärte ich mit Nachdruck. »Das bin nicht ich. Das ist, wie im ewigen Mangel, wie im ewigen Mangel durch dich. Den ich nicht hatte, als ich nicht mit dir war. Klar, hat mir Nähe gefehlt, hat mir Sex gefehlt, hat mir ein Mann an meiner Seite gefehlt, aber ich hatte das nicht wirklich mit dir. Ich habe irgendwas, was sehr schön ist und mich anheimelt und ich fühle mich so geborgen. Ich mag es so gern. Als du mir erzählt hast, wir fahren nach Venedig. Ich dachte, man fährt doch nicht einfach so nach Venedig. Ich dachte, gib ihm Zeit. Ich dachte, es wird schon werden. Ich dachte immer wieder, gib ihm die Zeit. Aber jetzt steh ich hier und ich weiß, ich will mehr und spüre, du kannst nicht. Du kannst einfach nicht!«

Henry hörte mir weiter zu, ließ mich weiter reden: »Woran liegt es? Liegt es an mir? Bin ich nicht das, was du willst?«

»Doch!«, sagte Henry insistierend »So viel von dir ist genau so, wie ich es mir immer gewünscht hatte, genau so wie ich mir immer vorgestellt habe, dass es sein muss. Ich weiß nicht, was es ist. Ich weiß nicht, warum ich nicht sagen kann: I am ready to go, aber ich bin nicht ready to go. Ich hätte all das so gern mit dir. Aber irgendetwas blockiert mich derartig. Ich weiß es nicht.« Er hielt meine Hände fest, schaute mir in die Augen, dann nahm er wieder einen Schluck Wein. Ich hatte das Gefühl, er müsse sich betäuben oder sich betrinken, um mir das sagen zu können, was er mir zu sagen hatte. Es machte mir Angst. Ich hatte Angst, dass ich jetzt eine unangenehme Wahrheit würde hören müssen, eine Wahrheit, die ich lieber nicht hören wollte.

»Charlotte, ich mag dich wirklich sehr, sehr gern. Ich genieße die Zeit mit dir, das kannst du mir glauben. Ich wünschte, ich könnte dir geben, was du willst, weil ich es im Grunde auch will. Aber ich kann nicht. Weißt du, ich habe meine Frau über alles geliebt. Als ich gedacht habe, wir gründen eine Familie, waren mir alle anderen Frauen egal, auch wenn ich sagen kann, dass ich immer sehr umtriebig war. Ich habe meine Sexualität bis zum Exzess gelebt. Ich war auch nicht wirklich immer sehr fair zu den Frauen. Aber irgendwie so richtig einlassen wollte ich mich nicht wirklich. Es war auch keine vorher da, bei der ich dachte, das ist es jetzt. Und als ich meine Frau kennenlernte, da wusste ich, da kann vieles gehen. Und ich habe die Augen auch teilweise zugemacht für Unzulänglichkeiten, auch was die wirkliche Leidenschaft und Vielfältigkeit im Bett anbelangt. Aber wir hatten S/M und das war für mich genug, weil es mit ihr war.« Traurig hörte ich mir seine

Offenbarung an. »Es war ein Schlag für mich, zu merken, sie will diesen anderen und nicht mehr mich. Ich kann auch gar nicht sagen, wann es anfing. Ich weiß gar nicht, wer letztendlich daran schuld ist. Ich weiß nur für mich: Es war so ein Schlag ins Gesicht.« Henry saß da und hatte feuchte Augen. »Ich war so begeistert von ihr. Die hat mich wirklich so in ihren Bann gezogen.«

Ich sah ihn an und mir krampfte sich der Magen zusammen. Es schnürte mir den Hals zu und ich wusste, sie war es eigentlich für ihn. Das ist eigentlich die Frau, die er wollte mit allen Unzulänglichkeiten. Mit der er vielleicht nur Blümchensex hatte, abgesehen von vielleicht ein bisschen Po versohlen. Das ist die Frau, die er will, die er liebt, die er braucht, mit der er die Zukunft gestalten wollte, mit der er alt werden wollte. Würde ich je diese Position bei ihm inne haben können? Irgendwann? So wie er über sie redet. Nach dem, was wir miteinander erlebt hatten, das für mich so schön war oder bildete ich mir das alles nur ein? Habe ich wirklich so viel mehr gesehen, als das was er wollte? Hatte ich mich so getäuscht? Hatte ich noch den Hauch einer Chance, dass er für mich mehr empfinden konnte, als jetzt. War ich einfach nur ein Zeitvertreib oder was war es?

»Und jetzt, Henry?«

»Ich weiß nicht. Auch du hast mich von Anfang an so begeistert, und ich habe nicht gedacht, dass ich einer solchen Frau, wie dir, begegnen würde. Das mit dir hat so viel besonderes, aber ich bin wie ein Gefangener meiner selbst. So ging es mir noch nie in meinem Leben. Als ich dich gesehen hatte, hat mir alles von Anfang an so gut gefallen und ich dachte ich brauche nicht verschiedene Frauen für das eine oder andere. Ich dachte, in dir habe ich viele zusammen. Ich war auch in unserer Zeit mit keiner anderen zusammen. Ich hätte es ja auch nicht gewollt. Ich weiß, ich habe dich in Situationen gebracht, die du so nicht wolltest, aber ich wollte mir nicht eingestehen, dass irgendetwas im Moment nicht mit mir stimmt. Ich weiß auch nicht, wann sich das wieder ändern wird.«

»Ganz ehrlich, Henry. Wenn es weh tut, ist es keine Liebe. Zumindest keine, die ich leben kann und will. Ich habe mir geschworen, ich werde eine Be-ziehung nicht mehr leben, wenn ich merke, dass sie mehr schmerzt, als dass sie mich glücklich macht. Und jetzt bin ich an dem Punkt, es vielleicht nicht mehr zu wollen.«, erkannte ich auf einmal für mich selbst.

»Charlotte, ich will dich nicht verlieren, aber ich will auch nicht, dass du leidest. Das will ich nicht für dich. Das tut mir selbst weh.« Er sah mir tief in die Augen. »Ich wünschte, es würde klick machen und alles wäre wieder klar und normal für mich.«

»Glaub mir Henry, ich würde gerne wieder geduldig sein, aber ich kann einfach nicht. Ich weiß, wenn du jetzt aus der Türe gehst, dann wird es mir fast das Herz zerreißen, aber ich weiß, du musst gehen. Ich will meine Zeit unter diesen Umständen nicht mehr mit dir teilen, auch wenn wir schöne Zeiten miteinander hatten. Ich will für mich was anderes und ein Stück von dem, was es sein kann, hatte ich ja auch mit dir schon.«

»Willst du wirklich, dass ich gehe?«

»Ja Henry, das wirst du tun müssen, auch wenn ich dich jetzt so gerne in meine Arme nehmen würde. Mir tut dies alles so unendlich leid, auch für dich, dass es das mit dir gemacht hat. Aber wir können es uns nicht aussuchen. Manchmal ist es einfach so, wie es ist. Leichter ist es, wenn die Liebe gegangen ist. Wenn man deshalb sagt, es ist vorbei. Aber hier ist so viel Gefühl von meiner Seite und ich weiß auch, manchmal war es auch von dir zu mir da. Ich habe so oft das Leuchten in deinen Augen gesehen. Aber ich muss mein altes Leben wieder leben. Und ich habe mich entschieden, dass es erst einmal ohne dich sein wird. Was die Zukunft uns gibt, das können wir nicht wissen, aber was kommen soll, wird kommen. So ist das nun mal.«

Der feuchte Glanz in Henrys Augen war immer noch da. Ich wusste, das hat er nicht gewollt. Aber wie sagte Manoun immer so schön. »Den anderen soll man lieben, aber sich selbst immer noch ein Stückchen mehr.«

Drei Monate waren vergangen, seit ich das letzte Mal im *Club Fatale* war.

Es war mir willkommen, dass Edgar Meyer unbedingt mit mir in den *Club fatale* gehen wollte. Ich hatte keine Lust alleine dort hinzugehen, auch war ich ihm das wirklich schuldig. Ich war ihm immer noch dankbar, dass er meinen Wagen für so wenig Geld repariert hatte.

Doch schon auf der Autofahrt ärgerte er mich immer wieder. Ich verstand seine Art von Humor überhaupt nicht. Nicht, dass er nicht nett war. Aber irgendwie fand ich nie wirklich eine Wellenlänge mit ihm.

»Es ist immer wieder ein Wirrwarr, hierher zu kommen«, meinte er. »Und wenn man mit der Bahn fährt, dann hat man immer noch diesen blöden Fußweg.«

Aber heute hatte er ja mich, ich hatte ihn mit dem Wagen mitgenommen.

Als wir ankamen, waren einige Autos auf dem kleinen Parkplatz. Es sah nach etlichen Besuchern aus, obgleich man nie genau wissen konnte, wem diese Autos gehörten, zu viele andere Möglichkeiten gab es hier: Eine Ballettschule, irgendwelche Tanzveranstaltungen im Vorderhaus, eine Judoschule im hinteren Bereich und manchmal gab es auch Besuch zu einem Event bei einem der beheimateten Firmen. Es war kurz vor neun. Wenige Gäste waren da. Vorne an der Theke gab es noch genug Platz. Wir setzten uns an die Bar, an der ein Mann saß, den ich dort vorher noch nicht gesehen hatte. Aber dies war durchaus möglich, da ich viele Gäste im Gegensatz zu früher nicht mehr kannte. Er hätte durchaus ein Stammgast sein können. Er trug das Jackett offen. Man sah seinen wohlgeformten Oberkörper. Ich konnte meinen Blick kaum von ihm wenden, so als hätte ich eben ein

Wunder erblickt, sosehr erinnerte er mich an Henry.

»Grüß dich, André.«

»Hallo Charlotte. Bist du auch mal wieder da?«

»Ja, ich hatte zu tun und außerdem hatte ich mich ein wenig zurückgezogen.«

»Ich dachte schon, du hast deinen Galan in der Zwischenzeit geheiratet und bist nun in der Versenkung verschwunden.«

»Nein. Wir haben uns erst einmal getrennt.«

»Ach, wie kommt das? Es schien mir doch sehr harmonisch zu sein.«

»War es auch oft, aber es ist besser so.«

Schnell kam ich mit Stefan ins Gespräch: »Ich wollte schon seit längerem mal hier her und war geschäftlich unterwegs, hab aber angerufen und mir wurde erklärt, dass man kein Fetischoutfit brauchte oder sonst auch kein Kleiderzwang bestehe. Deshalb habe ich auch nichts darunter«, erklärte er seine Hemdenfreiheit. »Hemd fand ich dann doch zu spießig«, bemerkte er.

»Kommt ganz darauf an, was für eine Aussage dahinter steht.«

»Bist du denn devot?«, wollte ich von ihm wissen.

»Beides, aber eher zu sechzig Prozent dominant.«

»Ach, ich auch. Ich bin zu diesen Anteilen devot. Anscheinend ziehe ich das gerade an.«, klärte ich ihn auf.

Ich überlegte, dass dies nicht so ganz stimmte. Im Club Fatale-Forum hatte ich fast nur Zuschriften von Dominanten.

»Aber ich bin ein Pienzchen, ich mag für mich keine sadistischen Spiele. Andersherum geht es schon extremer. Wenn jemand mehr braucht, bekommt er es auch. Aber wirklich kicken tun mich andere Dinge.«

»Und wie ich gehört habe, bist du frisch getrennt?«

»Ja, es ist irgendwie komisch und ich versuche mich nicht mehr zu vergraben. Ich habe mich sogar hier im Internetforum angemeldet. Aber mich schreiben fast nur Sadisten an, oder Männer, die alles andere sind, als das was mir gefällt«, erklärte ich.

»Und was für Männer gefallen dir?«

»Switcher.«

Wir sahen uns an und lachten.

Edgar saß alleine und ging nach draußen. Ich wollte aber weiter eine Unterhaltung mit Stefan führen. Ich wusste nicht weswegen, aber ich hing gebannt an seinen wohlgeformten Lippen, an seinen wunderschönen, ebenmäßigen Zähnen. Er hatte volles Haar, in das ich am liebsten hineingegriffen hätte, um ihn an mich zu ziehen. Fast der gleiche Haarschnitt wie Henrys. Mensch, was machte er mit mir, obwohl er doch gar nichts tat. Wie ein Blitz aus heiterem Himmel, plötzlich da, mit aller Gewalt. Nein, ich war nicht auf eine Beziehung aus, sondern vielmehr auf Amüsement. Danach stand mir der Sinn. Und nun saß dieser umwerfend gutaussehende Mann neben mir und wir schienen gebannt voneinander. Bingo, so kann das gehen.

Mittlerweile kam auch Heiko, dem ich erzählt hatte, dass ich im *Club Fatale* sei. Auch ihn nahm ich anfangs kaum wahr, zu sehr war ich auf Stefan fokussiert.

»Willst du uns nicht mal vorstellen?«, forderte Heiko mich auf.

»Das ist Heiko. Und deinen Namen kenne ich ja noch nicht.«

»Stefan«, sagte er und gab erst Heiko und dann mir die Hand.

»Und ich bin Charlotte.«

»Wollen wir mal rausgehen, ich würde gerne eine Zigarette rauchen. Rauchst du Stefan?«

»Nein, aber ich gehe gerne mit.« Auch Heiko folgte uns.

Es war kalt an diesem Abend, wie die ganze Woche schon. Fast fröstelnd setzte ich mich auf den Stuhl. Ich hätte mir eine Decke für draußen mitnehmen sollen. Aber ich sah nur Auflagekissen liegen. Auch die hatten wir nicht mitgenommen. Wir setzten uns auf die blanken Stühle draußen.

»Und ihr zwei kennt euch schon länger?«, wollte Heiko wissen.

»Nein, wir sind uns erst heute über den Weg gelaufen«, erklärte Stefan.

»Ach ja?«

»Ja, wirklich. Aber er macht auf mich einen unwiderstehlichen Eindruck.«, erklärte nun auch ich.

»Was macht denn einen Mann für dich unwiderstehlich?«, wollte Stefan wissen.

»Da bin ich, glaube ich, wie viele. Da sind natürlich auch für mich zunächst äußerliche Merkmale, die mich reizen. Ich kann einfach nicht meinen Blick von deiner Brust lassen. Die hat so genau das, was mich anmacht. Und er muss reden können, ohne gleich in Dialekt zu verfallen. Dann sollte er wenigstens Switcher sein. Oder ein Dominanter, der die andere Seite kennt.«

»Da treffe ich ja anscheinend voll ins Schwarze.«

»Wenn du so willst. Ja. Und ich muss ihn riechen können.«

»Ach, wonach soll er denn riechen?«, wollte Stefan wissen.

»Da habe ich so ganz genau meine Geruchsvorstellung.« Ich machte eine Pause. »Obwohl, so genau stimmt das auch nicht. Ich war vor etlichen Jahren mal mit einem zusammen, der stank für mich. Lag vielleicht auch an seinen Hemden. Den habe ich immer erst einmal in die Badewanne gesteckt, wenn er zu mir kam. Später, als wir uns näher kamen, fand ich den Geruch dann wieder gut.«

»Es kommt ja auch immer darauf an, in welchen Zyklustagen sich die Frau befindet«, klärte uns Heiko auf.

»Davon habe ich auch schon gehört. Frauen suchen sich je nach Zyklus entweder den Erzeuger ihrer Kinder, oder den feurigen Liebhaber. Die verwechseln dann auch Mr. Wrong mit Mr. Right«, meinte Stefan.

»Da passiert das dann eben, dass Frauen sich Männer auswählen, die gar nicht zu ihnen passen. Letztendlich suchen sich Frauen oft Männer, mit denen sie die Vater-Tochter-Beziehung wiederholen können. Und eine Anziehung, die magnetisch ist, kommt auch durch das Blut, das eisenhaltig ist, und wenn die Schwingung passt, dann ist da so was wie die Anziehung auf den anderen«, führte Heiko aus.

Auch Stefan wusste dazu was zu sagen: »Das sind die Genpole. Frauen mit Pille suchen eher nach dem Versorger, die sind von innen dauerschwanger und Frauen, die keine Pille nehmen, finden oft einen Partner mit dem es im Bett richtig kracht.«

»Genpool? Habe ich noch nie gehört«, erklärte ich.

»Ja doch. Der andere Genpool des Mannes zieht Frauen besonders an. Heute ist es natürlich oft schwierig, weil viel durch Parfums überdeckt wird, durch Seifen und durch die Hygiene. Aber auch schon bei anders aussehenden Menschen, die aufeinander reflektieren, ist das so.«

»Was genau es für ein Geruch ist, den ich anziehend finde, kann ich auch nicht genau sagen, aber ich habe es gerne, wenn ich den Geruch, seinen ureigenen Geruch wahrnehme und ich ihn immer wieder riechen will. Wenn ich geradezu süchtig danach bin, diesen Geruch zu riechen. Erst wenn ich mich in diese Duftwolke eingraben kann, dann will ich mit diesem Mann ein starkes erotisches Erlebnis. Alles andere kickt mich nicht. Das geht dann einfach nicht«, erklärte ich weiter.

»Ja dann…« sagte Stefan »Dann sollten wir einen Geruchstest machen. Was hälst du davon?«, schlug Stefan mir vor.

»Warum nicht, dann gehen wir in den Spielraum und ich errieche deinen Geruch«, stimmte ich zu.
»Heiko, oder hast du was dagegen, wenn wir dich hier alleine sitzen lassen?«

»Ne ne, geht nur. Bin ja mal gespannt was ihr mir nachher zu berichtet habt.«

»Wir lassen unsere Getränke hier draußen. Du passt auf?«

»Klar, ich bleibe hier.«

»Und du bist sicher, dass du das willst?«, fragte ich Stefan.

»Ja, auch ich will wissen, wie du riechst«, erklärte er.
Die Tür zum Spielraum war verschlossen. Andre musste sie erst öffnen. Dann traten wir ein. Niemand außer uns war heute hier drin. Der Spielraum roch anders als sonst, irgendwie frischer, nach Zitronengras. Vielleicht hatten sie andere Kerzen hingestellt. Ich war voran gegangen und Stefan zog mich an der Hand. Ich drehte mich zu ihm: »Ich will erst einmal einen Kuss.«
Er zog mich zu sich heran und küsste mich hart und fordernd. Solch einen leidenschaftlichen Kuss hatte ich das letzte Mal bei Henry. Und er erinnerte mich so

sehr an ihn. Es war nur noch viel intensiver und vertrauter als zu Beginn mit Henry. Seine Zunge spielte in meinem Mund fordernd und erkundete jeden Winkel meines Mundes und er hatte mich fest im Griff.

»Das war gut«, meinte er »Nur ein bisschen viel Tabakgeschmack.«

Dann gingen wir weiter nach hinten und ich zog den Vorhang des hinteren Spielzimmerteils zu.

Wir standen voreinander und küssten uns erneut. Nun spürte ich meinen Herzschlag noch deutlicher, als er mich wieder auf diese starke männliche Art küsste, als würde er mich vögeln.

Ich fing an zu taumeln, so erregte es mich.

»Mir ist ganz schwindlig«, sagte ich außer Atem und er nahm mich ganz fest in seine Arme. Hielt mich ruhig, während ich noch immer nach Luft schnappte. Dann wurde ich ruhiger.

Jetzt standen wir voreinander und schauten uns an. Stefan öffnete seine Jacke und ich berührte seine Brust und steckte meinen Kopf in seine Achselhöhle. Er roch nach Tag, er hatte sich an dem Abend nicht geduscht. Ein Geruch von Männlichkeit fand seinen Weg durch meine Nase direkt in mein Sexualzentrum.

»Bah, riechst du gut und intensiv.«

Immer wieder berührte ich mit meinem Gesicht seine Brust und fand meinen Weg zu seiner Geruchsquelle. Dann öffnete er seine Hose.

»Knie dich vor mich!«

Mein Kopf passte direkt vor seine Männlichkeit und ich nahm meine nächste Geruchsprobe direkt zwischen seinen Beinen. Auch hier wieder der Geruch eines Mannes, den ich mochte. Sein Glied war bereits aufgerichtet und glänzte in der Dunkelheit an der

Spitze. Er war so nass und ich nahm mir den Tropfen der Lust, der süß wie Lindenblütengelee schmeckte.

»Ich bin dran. Ich will dich sehen. Zieh deinen Rock hoch und das Höschen aus. Tu es weg!«
Er führte mich zu dem roten Hocker mit Öffnung und bedeutete mir, mich darauf zu setzen. Ich tat, was er verlangte und spreizte meine Beine.

»Gott, hast du eine herrliche Liebesgrotte«, kommentierte er, was er sah. Und dann ging er nach unten und begann meinen Kitzler zu saugen, während er mich aufs stärkste am Köpfchen penetrierte. Es tat fast weh, aber ich fühlte mich so wunderbar genommen. Endlich ein Mann, der sich aus seiner eigenen Wollust an mir verging. Ich genoss und genoss und wollte nichts anderes, als immer wieder dieses herrliche Spiel zwischen meinen Beinen. Ich begehrte jeden Moment, wie er saugte und leckte. Wieder überkam mich der Schwindel seines ersten Kusses. Ich stöhnte mich weiter und weiter, fühlte seinen Mund an meinem and dann seine Hand an der Spalte, wie er mit ihr spielte, wie er in ihr auf und ab fuhr. »Schön nass bist du.«
Er steckte mir den Finger hinein und bewegte ihn vor und zurück.

»Stoss mich Stefan, stoss mich, es tut so gut«, schrie ich meine Lust heraus und fühlte wie ich kam. Er hielt inne und schaute mich an. Nahm mich an der Hand und zog mich nach oben. Wie selbstverständlich holte ich meinen Slip, zog ihn an und brachte meine Kleidung an Ordnung. Auch er hatte sich wieder angezogen. Er nahm mich an der Hand und wir gingen wieder nach draußen, wo der Rest unserer Getränke stand.

»Und? Wie war euer Geruchstest?«, wollte Heiko wissen.

»Gut. Er riecht wunderbar«, erklärte ich.

»Und sie auch! Und vor allem schmeckt sie auch noch gut.«

Es war kühl. Mir war nicht nach Zigaretten und so gingen wir hinein. Wir suchten uns ein gemütliches Plätzchen auf einem Sofa in einer hinteren Ecke des großen Raumes. Stefan links neben mir, Heiko rechts neben mir. Ich schaute beide abwechselnd an.

»Das ist vielleicht eine heiße Situation«, sagte Stefan und zog mein linkes Bein auf seines. Heiko nahm mein anderes. Wieder spürte ich die Finger Stefans zwischen meinen Beinen. Würde jemand zuschauen können, wäre es mir so was von egal. Ich wollte ihn einfach nur spüren. Gegenüber Heiko machte ich keine Andeutung, dass er mich auch berühren sollte. Ich wollte weiter den Moment mit Stefan genießen. So, als wollten wir beide nichts anderes. Aber auch der Gedanke daran, zwei Männer haben zu können, die mich verwöhnten, schien mir nicht schlecht zu sein. Ich war ja an so was ähnliches mittlerweile gewöhnt. Doch ich entschied mich bereits jetzt innerlich dagegen.

»Willst du noch mal in den Spielraum? Wollen wir weitermachen?«

Ich nickte kleinlaut.

»Alleine oder zusammen?«

Ich bedeutete mit zwei Fingern, dass ich lieber alleine mit ihm sein wollte.

»Heiko wir wollen noch mal reingehen, und wir müssen dich leider noch mal alleine lassen.«

»Ist schon okay. Macht ihr zwei nur mal.«

Wieder im Spielraum angekommen, standen wir voreinander und entledigten uns schnell unserer Kleidung, bis wir nackt voreinander standen. Wir schmiegten unsere Körper aneinander und küssten uns leidenschaftlich. Dann dirigierte er mich wieder zu diesem Hocker.

»Komm, mach deine Beine breit. Ich will deine herrliche Scham sehen.« Er öffnete sie mit seinen Fingern, verharrte an meiner Perle, drangsalierte sie mit kreisenden Bewegungen.

»Zeig mir, wie du es dir selbst machst! Steck dir deine Finger hinein!«, forderte er mich auf.

Ich nahm zwei meiner Finger und steckte sie hinein, bemerkte, wie nass ich war. Nicht nur ich. Er stand vor mir und rieb seinen Penis und ich hörte beim Vor- und Zurückziehen seiner Vorhaut das Schmatzen seines nassen Gliedes. Stefans Stirn war mit Schweiß bedeckt.

»Das sieht so unglaublich aus, wie meine Finger von deinen Schamlippen umschlossen werden, das ist der Wahnsinn.«

Und er kam noch näher zu mir, steckte seine Finger zu meinen dazu.

Wie selbstverständlich, ohne eine Bitte seinerseits, ohne ein Bitten meinerseits, öffnete er meine Spalte und stieß, zuerst mit einem Finger, mit einem weiteren, mit drei, dann hatte er vier Finger in mir. Und er fing an mich zu dehnen. Bis auf seinen Daumen waren alle Finger in mir und füllten mich aus.

»Ich will deine Hand. Ich will deine Hand.«, kam es keuchend aus mir heraus.

Und ohne, dass er seine Hand mit Spucke benetzt hatte, drang er in mich ein und stieß mich heftig, bis es honigsüß schmerzte. Ich liebte es, wie er es machte. Er wusste genau wie und nun hatte er mich so gedehnt, dass er seine Hand mühelos vor und zurück schieben konnte. Er wollte mich nicht erlösen, wechselte immer wieder sein Tempo und dann steckte er mir einen Finger in meinen Hintern und ich kam.

Mein Kommen war ruhig, ich hatte vor Erregung keine Stimme mehr.

Er ließ mich verharren, ließ aber seine Hand in mir. Meine Spalte hielt seine Hand noch immer eng umschlungen, als er sie langsam rausnahm, wollte mein Inneres ihn nicht loslassen. Seine Hand war in der Falle, aber er schaffte es, sie herauszunehmen.

Noch einen kurzen Moment blieb ich sitzen, um meine Atemfrequenz wieder herunterzufahren. Er entfernte sich ein Stück von mir und schaute mich an.

»Oh, dein Schwanz ist ganz nass.« Doch nicht nur der. Erst jetzt sah ich, dass sein ganzer Körper glänzte. Er hatte wirklich harte Arbeit geleistet.

»Wenn ich einen Gummi dabei hätte, dann würde ich dich jetzt gerne vögeln, aber hier gibt es wohl keinen?«, fragte er.

»Nein.«

»Dann nimm ihn in den Mund.«

Wieder schmeckte ich seine köstliche Nässe. Der Duft zwischen seinen Beinen hatte sich intensiviert. Je weiter ich seinen Penis in meinen Mund nahm, desto stärker konnte ich ihn riechen. Er stöhnte auf, als meine Lippen seine Vorhaut umspielten. Mit meiner Zunge glitt ich darunter und umkreiste genüsslich seine Eichel. Mit meiner Hand umschloß ich fest seinen Schaft und unterstützte meine Lippenbekenntnisse mit fordernden Auf- und Abbewegungen. Er stöhnte laut auf: »Ich würde dich jetzt so gern vögeln. Was würde ich dafür geben.«

Angeheizt fuhr ich fort, ihm Spaß zu bereiten. Er beugte sich nach vorne, zog mich zu sich herauf, um dann an meinen Brustwarzen zu ziehen. Ich fuhr seinen Bauch entlang und tat das gleiche mit ihm. Ich gab jede seiner Berührungen zurück, jene Art wie er mich kniff. Wir standen voreinander mit verzückt-verzerrten Gesichtern, die unsere Lust und unseren Schmerz wiederspiegelten.

»Stell dir vor, wir hätten eine Befestigung und unsere Nippel wären über sein Seil miteinander verbunden. Die Klammern würden sich bei jeder Bewegung des anderen mitbewegen. Jeder von uns hätte das gleiche Vergnügen, den gleichen Schmerz. Kannst du dir das vorstellen?«

»Ja.«

»Hast du das schon einmal gemacht?«

»Nein, noch nicht, aber ich stelle es mir gut vor. Gibt es was Schöneres, als Schmerz und Lust zur gleichen Zeit zu empfinden?«

»Lass es uns irgendwann einmal probieren. Willst du?«

»Ja, wir machen das.«

Dann kniete ich mich wieder hin und nahm sein Glied in meinen Mund.

»Ich werde gleich kommen. das mit dir hat mich eben so scharf gemacht.«

»Aber nicht in den Mund, nicht beim ersten Mal.«

»Nein, aber darf ich auf deine Brüste kommen?«

»Ja, ich will deinen Saft sehen. Eigentlich will ich alle deine Säfte haben.«

»Alle Säfte. Direkt aus der Quelle?«

»Ja, direkt aus der Quelle.« Ich wusste, was gemeint war.

»Das wäre heiß, aber wir können hier nicht alles vollsauen.«

Ich war erstaunt über mich und meinen Wunsch. Ich hätte so etwas nie zuvor jemanden gegenüber geäußert, nicht wenn ich nicht wirklich liebte. Zu intim wäre es für mich gewesen. Aber Stefan hatte alles außer Kraft gesetzt. Ich war nur noch getrieben und gepeinigt von meiner Lust, von einer grenzenlosen Lust nach mehr, nach ihm, nach allem von ihm. Getrieben von Geilheit peitschte ich ihn an, wollte dass er kommt. Und dann war es so weit. Er spritzte eine volle Ladung auf meine Brüste.

Nun gab es kein Umschlingen, kein Davor und Danach, sondern ein Saubermachen meines Körpers, der scheinbar überall etwas abbekommen hatte. Ebenso der Boden, musste ich schmunzeln. Glücklicherweise gab es hier eine Küchenrolle. Auch der Hocker war voll. Voll von meinem Saft. Er half mit, war ja auch ein Stück weit devot. Das merkte man nun. Wir suchten unsere Kleider zusammen, zogen uns an und gingen wieder nach draußen. Eine Zigarette danach.

»Andre, habt ihr keine Decken?«, fragte ich André. als wir auf dem Weg nach draußen waren.

»Doch, in der Innerseite der Fenster.«

Das war gut. So aufgeheizt, wie wir waren, hätten wir uns an diesem kalten Abend garantiert verkühlt.

»Es scheint euch gefallen zu haben«, meinte Heiko, als wir uns eingehüllt in die Decken niedergelassen hatten.

»Ja. Aber ich muss bald fahren, ich habe noch einen langen Weg vor mir«, erklärte Stefan.

Er war nicht mehr verbindlich, nahm nicht mehr meine Hand. Ich fühlte mich verunsichert.

»Ich gebe dir meine Telefonnummer, wenn du willst«, bot ich ihm an.

»Ja, ich tippe sie mir ins Handy.«

»Charlotte.«

»Das ist gut. Dann sag mal an.«

Bald darauf verabschiedete er sich.

»Ob der sich wirklich meldet? Wie soll das gehen, wenn er verheiratet ist?«

»Wieso denn verheiratet? Hat er das gesagt?«

»Nein, aber er trägt einen Ring. Das hat zwar nichts zu sagen, aber ich rieche so was. Der lebt in ganz bürgerlichen Strukturen.«

»Der meldet sich. So nass, wie der geschwitzt war, hast du den richtig heiß gemacht.«

»Wir werden sehen.«

Ich schaute mich um und suchte nach Edgar, den ich ganz vergessen hatte. Aber er war nicht mehr da. André gab mir Auskunft, dass er bereits vor einer Stunde unsere Getränke bezahlt hatte und gegangen war. Gott, wie kopflos war ich eigentlich an diesem Abend?

Nachts wurde ich von allen möglichen Dissonanzen geplagt. Wollte ich wirklich was von einem verheirateten Mann, wo ich doch so gern die Nummer eins war? Wollte ich wirklich Sex ohne Liebe, von der ich immer gedacht hatte, nur mit ihr könne man diese Art der Intimität leben, nur dann, wenn man fühlt. Oder sollte ich es als einmalige Geschichte abhaken? Was will ich im Moment wirklich? Hatte ich Henry wirklich gedanklich losgelassen? Oder hoffte ich insgeheim, dass es doch irgendwie weitergehen würde. Irgendwann?

Und warum sollte ich in dieser Zeit kein Vergnügen haben? Er hatte mich ja schließlich von anderen Männern beschlafen lassen. Ich hatte Orgasmen mit

Männern, die ich nicht liebte. Also was machte hier den Unterschied? Stefan war sicherlich jünger als ich und einen jüngeren Mann als Partner konnte ich mir nicht wirklich vorstellen, aber ich wollte auch mein Vergnügen. Und dann lag ich immer wieder wach, hatte Angst, dass er mich verletzen könnte. Was kann eine Frau schon ertragen? War vielleicht alles zu heftig? Ich beschloss mir keine Gedanken mehr darüber zu machen. Ändern würde ich sowieso nichts können.

Bis Samstag hörte ich nichts, aber dann kam eine Nachricht: »Na, wie geht es dir? Hast du den Abend gut verdaut.«

Ich war in den letzten Tagen wie ein Wandler zwischen den Welten. Ich kümmerte mich um die Belange anderer, war empathisch und dann war immer wieder der Gedanke an das, was ich mit ihm hatte, und das schrieb ich ihm zurück. Ich beschloss, zu Wolker in den Garten zu gehen. Ich wusste, wie sehr er es hasste, sein Unkraut wegzumachen, aber ich liebte es. Es erdete mich immer wieder und er hatte den Frühstückstisch gedeckt. So aßen wir gemeinsam auf der Veranda. Dann machte ich mich an die Arbeit.

»Na, das war schon exquisit was wir erlebt haben ... oder?«, schrieb Stefan weiter.

»Ja, war es.«

»Ich laufe mit einer Latte herum, wenn ich daran denke.«

»Gut, sehr gut!«

»Dann denke ich daran, wie lecker du geschmeckt hast.«

»Auch gut!«

»Und wie schön es in dir war. Du warst so nass.«

»Und das Ganze ohne Öl.«

»...das war echt cool...obwohl mir so heiß war.«

Ich antwortete nicht gleich, schrieb ihm dann, dass ich im Garten eines Freundes sei und mich dort am Unkraut zu schaffen mache.

Nach Stunden kam wieder eine SMS von ihm: »...na alles entzupft?«

»Was macht deine Latte?«

»Ich musste mich heute schon zweimal entleeren.«

»Hätte jetzt Lust. Wir grillen gerade.«

»Machen wir auch. Und jetzt?«

»Was eine so schöne Männerbrust unter einem offenen Jackett so alles bewirken kann. Was ist dein Go-Moment?«

»...na wenn ich an dich denke, ist die Latte wieder da und ich überlege mir, was deine Soft Limits und deine Hard Limits sind...«

»Tja, das müsstest du dann herausfinden. Aber ein wenig weißt du ja schon.«

»Ich wäre jetzt gerne mit dir in der Badewanne und würde dich gerne befragen und du dürftest nur in Sätzen antworten, nicht mit bloßem Ja und Nein.«

»Muss man dazu in die Badewanne?«

»Ich hätte jetzt gern alles von dir. Ich bin so scharf auf dich.«

Ich war auch so scharf auf ihn und ich wusste, dass ich so viele Limits mit ihm durchbrechen könnte. Ich war so getrieben von Lust. Nach diesem einen Mal. Ich wusste, er wäre nicht mein wirkliches Beuteschema. Dafür war er mir zu jung. An diesem Abend könnten wir nicht telefonieren, er sei am Lagerfeuer. Ich fragte mich, ob er wohl alleine sei oder ist verheiratet ist? Im Grunde war mir das gleichgültig. Ich verstand mich selbst nicht. Nie wollte ich die zweite Frau an der Seite eines Mannes sein. Dazu war ich nicht geeignet. Aber bei Stefan war ich nur getrieben von der Lust, die wir miteinander erlebt hatten, die so sehr im Gleichklang war.

Weitere SMS erreichten mich an diesem Abend, den ich später zu Hause verbrachte. Er bat mich, mir einige meiner Gedanken zu schicken.

»Quit pro Quo. Erst du.«

»Ich sehe dich vor mir, wie du vor mir stehst. Nackt. Auch ich bin nackt. Du riechst mich und ergötzt dich an meinem harten Schwanz. Ich erinnere mich, wie du zwischen meine Beine gegriffen hast und wie du meine Hosen nach unten gezogen hast. Der erste Kuss, der dich zum Schwindeln gebracht hat und ich dich festhalten musste, damit du nicht umfällst. Und wie gerne hätte ich das Wasser aus deiner Quelle genossen.«

Mir blieb die Luft weg. Was wollte er von mir? Aber ich zitterte am ganzen Körper. Die Vorstellung, er wollte etwas von mir, was vielleicht eines meiner Hart-Limits war. Es sollte zum Soft-Limit werden, weil es mich hier kickte. Ich war so scharf, hätte es mir gerne selbst gemacht, aber es ging nicht. Ich spürte einfach nur das ständige Bitzeln zwischen meinen Beinen und das Drehen in meinem Kopf.

»Sag nur ein Wort und du bekommst alles von mir. Und ich will alles von dir. Bei dem Gedanken an Donnerstag ist mein Schwanz so hart und tropft.«

»Wie gerne würde ich ihn anfassen und deinen Saft lecken. Er schmeckt so süß.«

»...du schmeckt und riechst köstlich...dein Geruch war noch den ganzen nächsten Tag an meiner Hand...ohne zu stören«, schwärmte er weiter. »Und meine Hand passt so perfekt in dich... Wow...irgendwie unglaublich...«

»Sie ist wie für deine Hand gemacht...«

»...sehr geil oder?«

»Ja, sehr...«

»Wie wird es wohl mit meinem Schwanz sein?«

»Er geht bestimmt wunderbar hinein. Oder willst du das nicht?«

»...klar will ich ihn in dir! ...ich hätte es am liebsten schon am Donnerstag gemacht.«

Seine letzte Nachricht kam kurz vor Mitternacht.

»...gute Nacht und heiße Träume!«

»Dir auch.«

Ich wusste, wie willig er war. Ich wusste, er hätte nichts anderes gewollt, als mit mir zu reden. Aber er telefonierte nicht mit mir. Ich war mir sicher, dass er in einem Familienverbund lebte. Ich konnte es förmlich spüren. Aber eigentlich war es mir egal. Ich fühlte so, wie man Männern unterstellt, zu fühlen. Einfach getrieben von unbändiger Geilheit. Und auch Frauen haben ein Recht das zu leben. Was interessierte mich das eigentlich? Er war sowieso viel zu weit entfernt von dem, was ich von einer Beziehung wollte. Denn eigentlich wollte ich immer noch Henry, der noch so sehr in mir war. Aber Stefan war ein ähnlicher Typ. Er war der passende Ersatz für Henry. Nur, Stefan wollte mich sexuell so sehr, wie Henry es nicht leben wollte oder konnte.

Am nächsten Morgen ging die SMS-Schreiberei gerade so weiter:

»...guten Morgen...gut geschlafen und schön geträumt?«

»Schön geschlafen. War todmüde.« Das war ich immer, wenn ich mich tagsüber in freier Luft bewegte. Mein Arm tat mir weh. Ich hatte einfach zu viel mit meinem Arm gemacht, die neue Skulptur angefangen und dann noch die Arbeit im Garten.

»...ich eigentlich auch...aber irgendwie hast du dich im meine Traumwelt geschlichen und ich bin vor lauter Geilheit aufgewacht.« Ach ja, in der Nacht um drei hatte ich auch eine SMS bekommen. Er fragte mich, ob ich noch wach sei.

»So, so. Dann bin ich reingeschlichen. Ich hoffe es war schön... Das kam wahrscheinlich von unserem regen Austausch.«

»Was bringt dein Sonntag?«

»Ich ruhe mich aus und will nur ein bisschen lesen.«

»Wo bist du?«

»Auf dem Balkon.«

»Ich meinte im Buch.«

Ich las *das* Buch, das inzwischen in fast jedem Frauenhaushalt seinen Platz gefunden hatte. Er hatte es schon gelesen.

»Auf Seite 100«

»Die guten Sachen kommen erst noch.«

»Sind sie wirklich gut?«

»Ich glaube, wir haben schon Besseres erlebt.«

»Na dann... Warum lese ich dann eigentlich weiter?«

»Na du willst doch. Und was denkst du?«

»Verrate ich dir, wenn wir mal miteinander sprechen... Oder du die Vereinbarung unterschrieben hast.«

»Dann nenn mir doch mal deine Hard Limits...«, forderte er mich auf.

»Ruf mich an!«

Tatsächlich rief er mich fünf Minuten später an:

»Brav!«

»Dein Wunsch sei mir Befehl«, erklärte er mir. Also hatte ich jetzt entweder seine devote Seite gekitzelt oder er ist unglaublich scharf und schon ergeben.

Er wolle mich so gern wieder sehen, aber bald würde er mit seiner Familie in Urlaub fahren. Er hätte zwei Mädchen, Zwillinge, kaum drei Jahre alt und vor dem Urlaub noch eine Menge zu tun. Und nach der Woche Familienurlaub hatte er noch einmal eine stressige Woche vor sich, aber danach sei er wieder in meiner Nähe. Er habe eine Käserei und muss zu Kunden. Bei mehreren Märkten im Unkreis plane er seine Waren zu verkaufen. Da habe er immer allerlei vorzubereiten. Na dann hatte ich also Recht. Aber seine Frau wäre seit der Geburt der Zwillinge eher körperlich abwesend ihm gegenüber. Es sei schade. Es sei schwierig. Er hatte mit ihr nie etwas in der Richtung, die ihn wirklich faszinierte. Trotzdem hatte er sich entschieden, mit ihr eine Familie zu gründen. Auch hier beschlich mich der Vergleich mit Henry. Vermutlich war sie einfach eine wunderbare Frau und die richtige Mutter für seine Kinder. Und man kann nicht immer alles haben. Mit dem einen Menschen verbindet man etwas anderes als mit dem anderen. Seine Frau war auch nicht an seinem Vorleben interessiert. Vielleicht mit guten Grund. Vielleicht ein weiser Entschluss. Aber sie kannte nur die eine Seite, vielleicht für sie die helle. Was würde sie sagen, wenn sie wüsste, welche Gedanken er hatte, was ihn kickte? Besser nicht. Und ich. Wie will ich mit dieser Situation umgehen? Jemand, der für mich nie da sein würde, weil es zum einen die familiäre Situation nicht zuließ und zum anderen, weil sein Wohnort im Allgäu viel zu weit von mir entfernt war.

Doch ich hatte meinen Auftrag, ein großes Gartenanwesen mit Skulpturen einzurichten. Ich hatte genug zu tun.

»Ich hätte jetzt Lust, mit dir einen Porno anzuschauen und den dann nachzuspielen…

…nun tue ich es im Kopf und… Schlaf schön«, verabschiedete er sich am Abend.

»Alles… Wie soll ich es aushalten, erst in drei Wochen von dir gevögelt zu werden? Ich bin jetzt schon ganz scharf auf dich. Träum schön.«

Am nächsten Tag schaute ich nach ihm im Internet. Ich wusste ja jetzt, was er beruflich machte. Ich kannte zwar nur seinen Vornamen, aber ich wurde fündig. Eine kleine, aber feine Bio-Käserei hatte er. Kein Wunder, dass er so beschäftigt war.

Aber auch er recherchierte. Er war megastolz, als er herausgefunden hatte, dass ich schon mal einen Designpreis bekommen hatte. Nichts großes, aber immerhin hatte man meine Arbeit schon gewürdigt.

Am nächsten Morgen kam eine SMS: »Lust auf was Verrücktes?«

»Was heißt verrückt? Oder meinst du ein Treffen?«

»...in München.«

»Ich habe einen Auftrag. Ich kann nicht weg.«

»Prüf es doch mal! Es wäre cool und verrückt.«

»Ich weiß jetzt einige Hard Limits, aber Spielzeuge will ich.«

»So so.« schrieb er karg. »Na, ich fahre am Donnerstag um sechs Uhr nach München...dann müsste ich um vierzehn Uhr zu dir... drei Stunden dich vernaschen und dann noch zurück in den Allgäu. Das ist zu heftig. Ich habe da auch keinen Termin in deiner Gegend und man weiß, dass ich in München bin. Das geht alles nicht so gut. Wenn irgendetwas passiert, wie soll ich das erklären? Das ist keine gute Idee. Das müssen wir anders regeln. Versuche doch mitzukommen.«

Aber so sehr ich mir auch wünschte, ihn schnell zu sehen, ich konnte mir nicht frei nehmen. Ich fand es auch irgendwie abstrus, zum Vögeln nach München zu fahren, selbst wenn wir dann eine Übernachtung organisieren könnten.

In der Zwischenzeit hatte er noch mehr über mich herausgefunden, wollte weitere Bilder meiner Skulpturen sehen.

»Wenn ich gewusst hätte, wie kreativ du bist, dann hätte ich vor lauter Respekt nur gestottert. Ich bin wirklich begeistert von dir.«

Henry hatte sich nicht diese Mühe gemacht. Meine letzten Freunde wussten, was ich tat, aber Stefan wollte alles von mir wissen, nahm sich die Zeit für mich. Auch wenn wir telefonierten, ging es um das, was uns täglich beschäftigte, was wir auch beruflich erlebten, auch wenn die SMS meist erotisch eindeutig waren. Es hatte irgendwie beides.

Dank Google Earth hatte er bereits das Haus gesehen in dem ich wohnte und hatte nun meine Adresse, die er noch mit mir abglich. Er wollte mir etwas schicken.

Am nächsten Tag kam ein Paket mit zehn verschiedenen Käsesorten. Alles Hartkäse, verschiedenste Geschmacksrichtungen, wie ich aus dem beiliegenden Prospekt erfahren konnte.

Am abend startete ich einen Rundruf bei Wolker, Wilhelm, Michaela und Alina und lud sie zu einem Käseabend ein. Mein Kühlschrank war jetzt voll mit Stefans köstlichem Käse.

Wolker brachte Rot- und Weißwein mit. Er füllte immer schön meinen Weinvorrat, den wir uns dann auch gleich wieder bei unseren Treffen einverleibten. Ich hatte noch frische Feigen besorgt und Alina brachte rote und helle Trauben, sowie das Weisbrot mit.

Feigen- und Mirabellensenf zum Käse hatte ich im Haus. Außerdem stellte ich auch noch meine selbst eingelegten Oliven auf den Tisch.

»Sind das wieder deine gut eingelegten Oliven Charlotte?«, fragte Wolker.

»Ja, du weißt doch, die gehen mir niemals aus.«

»Da ist aber viel Knoblauch dran«, meinte Wilhelm.

»Ja, aber auch Chilli und Thymian«, erklärte ich.

»Und der Käse? Schmeckt der nicht köstlich?«

»Trifft genau meinen Geschmack. Die sind schön würzig«, kommentierte Wolker, der nicht genug von dem reifen Käse bekommen konnte.

»Da hast du dir jetzt aber mal einen guten Typen ausgesucht. Der kann uns öfter versorgen, auch wenn ich nach wie vor der Meinung bin, dass du von einem verheirateten Mann mit kleinen Kindern die Finger lassen solltest. Das macht man nicht. Man bringt keine Ehe auseinander«, insistierte Wol-ker.

»Wir haben uns nicht ineinander verliebt und er ist nicht der Mann in den ich mich verlieben würde. Er auch nicht in mich. Er liebt seine Frau. Das einzige, was wir wollen, ist scharfer Sex. Ich hätte das auch nicht gedacht. Aber wenn ich von ihm diese SMS-Nachrichten bekomme, kann ich an nichts anderes denken, als mit ihm ins Bett zu gehen. Ich weiß ja auch nicht, warum.«

»Trotzdem, wenn seine Frau das rausbekommt, dann ist die Ehe im Eimer.«

»Die wird das schon nicht merken. Da wird er schon aufpassen. Außerdem, wenn es in seiner Ehe vor lauter Kindern nicht mehr funkt und gerade keine Leidenschaft mehr da ist, dann rette ich eigentlich die Ehe. Er wird ausgeglichen und zufrieden, weil er mal wieder das bekommt, was er dort vermisst. Oder soll er, weil er gesagt hat »In guten und in schlechten Tagen«, keinen Sex mehr haben dürfen, nur, weil ihr nicht mehr danach ist?«

»Das meine ich nicht. Hat er ihr denn gesagt, dass er mit dir ins Bett will?«

»Nein, das würde sie nicht wollen.«

»Ja, aber wenn sie das nicht will, dann muss er es bleiben lassen.«

»So ein Quatsch.«

»Ist der denn eigentlich auch dominant?«, wollte Wilhelm wissen.

»Er ist Switcher, aber bei mir mehr dominant. Es ist einfach herrlich, wie männlich er ist und nach Henry tut es richtig gut, endlich begehrt zu werden.«, erklärte ich.

»Also für mich und Wilhelm ist das irgendwie nicht so nachvollziehbar, was die Leute an S/M finden. Warum macht man das?«, fragte Michaela.

»Warum kann man Schmerz und Machtverlust genießen?«, wollte Alina wissen.

»Meist will jeder Mensch als Kind schon Macht haben«, erläuterte Wolker, der sich mit den Hintergründen viel intensiver beschäftigt hatte, als ich.

»Es heißt, alle Eltern lassen ihr Kind im Stich. Schon beim Schreien, wenn sie denken, das Kind würde sich schon beruhigen. Ein Kind will soviel Macht besitzen, dass es nie mehr verlassen wird«, erläuterte er weiter. »Das Mädchen will den geliebten Vater, auch wenn es beide Elternteile liebt. Es muss mit dem ständigen Machtverlust leben, denn der Vater geht weg zur Arbeit. Kinder haben schlimme Verlustängste und lassen sich darauf ein zu gefallen. Kinder hätten die Eltern 24 Stunden um sich herum, wenn sie klein sind. Manchmal sind es nur Minuten, nur Sekunden, die es braucht, um Verlustängste zu generieren. Auch geht es um Machtausübung, die Eltern gehen dann nicht weg, wenn das Kind es geschickt anstellt, so dass sie nicht gehen können.«

»Bei S/M musst du mit Machtverlust leben«, mischte ich mich ein.

»Eltern geben vor, was Kinder dann später in ihrer Partner und Beziehungswahl erleben. Auch wie sie Sexualität leben. Eltern sagen, es läuft nicht. Spätestens wenn die erste Beziehung kommt, manchmal auch schon früher. Bei mir fing die dominante Ader schon ganz früh an. Und nicht nur bei mir. Ich habe meinen Nachbarjungen an einen Mast gefesselt und habe dem gesagt, »ich lasse dich jetzt stehen« und »ich gehe jetzt weg und du musst verhungern.« Ich habe mich versteckt und habe ihn beobachtet, wie er tierische Angst hatte. Ich habe die Machtausübung genossen, die ich über meine Eltern nicht hatte. Besonders über meine Mutter. Ich wollte von meiner Mutter mehr Zuwendung haben, die ich nicht bekam. Es kickte mich total. Auch wenn ich dann später mit Frauen zusammen war, dann wollte ich immer die totale Kontrolle und deren ganze Liebe. Ich wollte das, was ich von meiner Mutter nie bekommen hatte. Meine Mutter machte mich immer klein. Auch noch später, als sie im Altersheim war.«

»Aber dann hälst du die Frauen, mit denen du zusammen bist, doch auch klein. Du willst doch die unselbständige Frau, die dich als Versorger braucht?«, warf ich ein.

»Ja, aber das entspricht meinem Frauenbild. Ich will das traditionell. In Ländern, in denen es üblich ist, dass eine Frau sich um Haushalt, Mann und Kinder kümmert, da ist noch alles in Ordnung und die leben zufrieden.«

Also waren wir wieder bei Wolkers Lieblingsthema und seinen besonderen Ansichten in bezug auf

Frauen gelandet, die er immer wieder gerne ausführte.

Mit dem Käse war er mehr als zufrieden. Die anderen und auch ich. Neben dem milden jungen Käse hatte Stefan uns eine wirklich gute Auswahl zusammengestellt. Ich war besonders von den würzigen Käsen beeindruckt und Wolker wartete mit ungeahnten Kenntnissen über Käse auf: »Na, damit Käse zu Käse wird, geben die Franzosen, auch die Schweizer, wahrscheinlich auch die in der Käserei von Stefan, Lab dazu. Dann setzt sich das ganze inklusive des Fettes ab. Da lässt man erst gar keinen Rahm absetzen, sondern lässt nur die Molke raus laufen. Das habt ihr bestimmt schon mal im Fernsehen gesehen. Mit einen Tuch zieht man in einem Kupferkessen den Quark heraus, hängt das oben ein und lässt erst mal die Molke ablaufen«, erklärte er. »Das ist ganz primitiv. Es gibt besondere Gefäße, die werden von Hand voll gestopft und die bringst du in einen Raum, der möglichst gesättigt ist mit Milchsäurebakterien. Da gibt es viele Hunderte, die den Geschmack ausmachen. Und dort wird der Käse langsam alt. Damit er nicht vergammelt, muss er mit Salz bestrichen werden, sonst kommt Schimmel rein, also negativer Schimmel. Und dann lässt du den älter werden und älter werden. Da ist zum Beispiel Parmesan, der ist so sechs bis neun Monate alt und wird immer härter und härter, weil sich das Wasser immer mehr verflüchtigt.«

»Die Stücke müssen dann immer abgerieben werden«, fügte Wilhelm hinzu.

»Ja, die sind in Höhlen oder Lagerstätten, wo sich leicht Schimmel bildet. Also bei den Oberirdischen kommt leichter Schimmel rein. Von außen sind ja immer Schimmelsporen in der Luft. In den Höhlen musst du seltener abreiben, so alle Woche mal oder alle vierzehn Tage.«

»Und Salz verhindert die Schimmelbildung?«, wollte ich wissen.

»Ja, das konserviert.«

»Wie ist das denn mit dem hier, mit der Heukruste?«, fragte ich.

»Das ist dann künstlich gemacht, als Spezialität.«

»Ja, aber wie wird der dann abgerieben?«

»Ohne Salz kommt man nicht aus, weil es Bakterien und Schimmel tötet.« Er hielt inne. »Oder du machst eine Lösung drauf, dass Schimmel entsteht, wie beim Camembert. Diese weiße Rinde ist Schimmel.« So ging es immer weiter. Wir bekamen kostenlosen Nachhilfeunterricht in Sachen Käse und ich hatte ein bisschen mehr Ahnung, was Stefan so machte.

Wir schrieben fleißig hin und her. Telefonierten ständig. Ich war unbändig vor Lust und stellte mir immer wieder vor, wie es wohl sein würde, wenn er mich endlich wieder nehmen würde. Es stellten sich keine Verliebtheitsgefühle ein. Die kamen bei mir sowieso nur mit gemeinsamen Erlebnissen und Gemeinsamkeiten, die über die Sexualität hinausgingen. All meine Gefühle, die ich im Herzen hatte, galten Henry, aber ich hatte das Gefühl, dass Stefan in mein Leben getreten sei, damit sich das mit Henry auflösen würde. Zumindest der Ekel war vollkommen verschwunden. Durch die Lust, die ich bei Stefan empfand, hatte ich das Gefühl, als wäre ich einer Reinigung unterzogen worden. Einer Reinigung, die mich weg holte von den beiden Erlebnissen mit dem anderen Mann, den mir Henry ausgesucht hatte. Und endlich war der Sex nicht mehr besetzt von etwas, was mir ein schlechtes Gefühl bereitete. Jetzt war ich wie beseelt von der puren Lust, die keinen fahlen Beigeschmack hatte. Stefan bedrängte mich immer wieder, war beleidigt, wenn ich nicht sofort auf seine Nachrichten oder Anrufe reagierte. Und ich fieberte auf dem Tag entgegen, an dem wir uns sehen würden.

Und dann war er endlich in greifbarer Nähe.

Nur noch knapp fünf Tage, dann wollte er zu mir kommen. Irgendetwas sträubte sich aber in mir. Mein Inneres wollte plötzlich nicht mehr so wirklich, denn obgleich ich über die ganze Zeit, in der wir kommunizierten wirklich immer nur an das eine dachte, so wusste ich doch, dass ich eigentlich was ganz anderes wollte, als einen Mann, den ich nicht nur aufgrund seiner beruflichen und privaten Eingebundenheit und der räumlichen Entfernung nie wirklich nah bei mir haben konnte. Irgendwie war meine Lust nicht mehr so da. Ich war für Stefan kaum noch erreichbar. Hätte ich es mir gewünscht, schickte er mir am Tag vor unserem Treffen eine SMS: »Ich hatte einen Alptraum. Ich werde nicht zu dir kommen.«

Später am Telefon erzählte er mir von seinem Traum. Seine Frau und er seien auf der einen Straßenseite und die Kinder auf der anderen und sie könnten nicht zueinander finden. Diesen Traum hatte er gleich zweimal und der würde ihm zeigen, dass es nicht richtig wäre, sich mit mir zu treffen. Manchmal regeln sich die Dinge ganz von selbst.

Ich hatte mich in der Zwischenzeit wieder mehr mit dem Thema Cuckold beschäftigt und interessante Ausführungen im Internet gefunden. Doch so ganz klar war es mir nicht. Als ich abends im Artcave war und Manoun erzählte, dass ich mich nicht mit Stefan treffen würde und mir Henry wieder stärker durch den Kopf ging, schlug sie mir vor, mich mit Friedrich Schmitt einmal darüber zu unterhalten. Ich hatte ihn bei einer Lesung bereits kennengelernt und er sei Mediator, Paartherapeut und Tantralehrer. Auch er würde etwas dazu sagen können. Manoun gab mir seine Kontaktdaten und schon am nächsten Tag rief ich ihn an, um einen Termin auszumachen.

Ich hatte Friedrich Schmitt anders in Erinnerung, als er jetzt vor mir stand. Heute nahm ich ihn ganz anders wahr. Irgendwie kleiner, weniger Mann. Aber er war sehr angenehm in der Art, wie er mich begrüßte. Seine Praxis lag in einem Altbau fast in der Stadt. Ich fuhr mit der Bahn dorthin. Es wäre ohnedies kein Parkplatz zu finden gewesen. Auf dem Rückweg wollte ich ein Taxi nehmen. Das war sicherlich bequemer.

»Also Herr Schmitt, ich komme da mit einem für mich großen Problem zu ihnen«, begann ich meine Ausführungen. »Ich kenne seit ein paar Monaten einen Mann.«

»Wollten sie mit ihm eine Beziehung oder haben sie eine?«

»Na er wollte eine Beziehung und ich auch. Jetzt muss ich dazu sagen, dass es keine Beziehung im ganz klassischen Sinne war. Wir lebten beide auch S/M miteinander. Er dominant und ich devot. Wir haben auch viele tolle Sachen unternommen: Weinproben, Lesungen. Wir waren im Rheingau. Wie das halt so ist, wenn man sich kennen lernt. Aber wir haben auch zusammen gespielt.«

»Das ist ja schön. Das ging dann über das Spielen hinaus.«

»Ja, so wollten wir es beide, wir wollten eine Beziehung.« Und dann sprudelte es aus mir heraus: »Ja und dann haben wir zweimal miteinander geschlafen. Dachte ich, aber er hat mir die Augen verbunden und dann kam heraus, das es ein anderer Mann war. Der andere Mann ist mir später begegnet und hat mir das gesagt. Und Henry, so heißt er, er meinte, er habe eine Blockade. Also, ich habe mich auch schon schlau gemacht, und es gibt genug Leute, die sagen, das sei ein Kick. Aber es sei nicht der Kick, sagte er. Er sagt, es sei eine Blockade durch die Trennung von seiner Frau. Seine Frau ist irgendwann fremdgegangen. Er hat es herausgefunden, sie haben sich in der Zwischenzeit auch getrennt. Er hat dann Tabletten bekommen von seiner Psychologin und er sagte, er könnte dadurch nicht und er wollte mir einen Gefallen tun.«

»Okay.« Friedrich Schmitt hörte mir aufmerksam zu. »Hört sich jetzt gar nicht mal so schlecht an. Ich meine, das klingt doch nett.«

»Dass er mir einen anderen untergejubelt hat?«

»Wie ist denn das für Sie?«

»Na das geht gar nicht!«

»Wieso? Was denken sie darüber? Was geht da so in ihnen vor? Was haben sie da für Gedanken?«

»Also eigentlich bin ich erst mal offen. Ich bin ja nicht prüde, aber mit einem Kerl, den ich mir nicht ausgesucht habe und mit einem, auf den ich nicht wenigstens scharf bin, geht das nicht. Also spielen würde ich vielleicht auch mit jemandem, den ich nicht so liebe, aber es muss bei mir auch Gefühl dabei sein. Schon ausgefallen, aber dann doch mit jemand, den ich auch will.«

»Haben sie mit ihm darüber sprechen können?«

»Natürlich haben wir darüber geredet.«

»Und was sagt er da? Wie reagiert er darauf?«

»Er ist verzweifelt. Als das passiert ist, da war ich ziemlich böse mit ihm. Ich habe ihm gesagt, für mich geht das nicht.«

»Da gibt es natürlich auch eine Problematik, dass müssten sie mir erklären. Er ist ja dominant. Ist es denn ein Teil des Spiels?«

»Nein. Das habe ich auch schon nachgelesen, dass man zur Verfügung gestellt wird, wie bei der »O«. Nein nein. Das ist es nicht. Er sagt, weil er nicht konnte, und weil ich das erwartet habe und er es mir nicht bieten konnte. Deshalb habe er das auch so arrangiert. Nicht jeder Mann macht das mit seiner Frau. Was kann das dann sein, wenn er mich mit einem anderen teilt?«

»Auf diese Frage werden sie nie eine eindeutige Antwort kriegen. Keiner, und da bin ich mir sicher, keiner wird sein Verhalten in letzter Konsequenz erklären können. Was da in ihm vorging, wird er nicht wirklich erklären können. Da ist auch die Frage, ob er dabei denn auch Lust empfunden hat. War da ein Reiz, dabei zuzugucken?«

»Nein nein. Es hat ihn wohl nicht erregt. Das

glaube ich nicht. Er bekommt ja keinen hoch. Das ist ja sein Problem.«

»Das muss nichts heißen. Es gibt Männer, die onanieren ohne Erektion. Man kann sich auch ohne Erektion sexuell befriedigen. Da weiß ich zu wenig, wie ihr miteinander umgeht. Sagen wir mal so, man lernt sich kennen, man mag sich, man macht Dinge zusammen. Es geht über das rein Sexuelle oder S/M Spiele hinaus. Und jetzt entsteht der Wunsch, miteinander zu schlafen. Wenn er ihren Wunsch kannte, dann wäre eine Möglichkeit gewesen zu sagen: »Ich finde dich auch toll. Ich würde gerne, aber aus dem und dem Grund geht es nicht. Ich hab darunter gelitten Ich habe Antidepressiva genommen. Es geht bei mir nicht. Ich kriege keine Erektion. Auf normalem Weg kann ich nicht mit dir schlafen. So. Was machen wir?« Und dann kann man ja Hilfsmöglichkeiten zur Hand nehmen. Entweder man macht es oral oder mit den Händen oder mit anderen Hilfsmitteln. Wer würde da nicht sagen. Kein Problem. Das ist nicht das Ausschlaggebende.«

»Da hätte ich auch kein Problem mit gehabt. Aber er hat ja nicht mit mir geredet. Liegt es vielleicht an der dominanten Attitüde, die er mir gegenüber bewahren will?«

»Das könnte sein, dass es in diese Richtung geht. Vielleicht sagt er sich. Das geht nicht. Da schäme ich mich. Das passt nicht. Das passt nicht zusammen mit meiner Dominanz, also verkleiden wir das Ganze als Spielchen. Sie kriegt die Augen verbunden und der andere funktioniert prima. Und wenn sie fertig sind dann geht der wieder. Das ist zwar ungewöhnlich, aber vorstellbar. Also ich hätte schon die Hypothese, dass das eine Form ist, die ihn richtig anturnt. Egal ob er eine riesige Erektion kriegt oder nicht, oder der Frau einen Gefallen tut und denkt: »Ich habe die Macht. Ich kann die Frau dazu bringen und ich kann bestimmen und guck mir das Ganze nur an.«

»Aber was soll ich denn in dieser Situation machen?«

»Das müssen sie wissen, wo ihre Grenzen sind. Wie fühlen sie sich da? Schlecht behandelt und ausgenutzt? Was bedeutet es für sie?«

»Ich weiß es selbst nicht. Ist das normal, dass man nicht gleich weiß, was es letztendlich mit einem macht?«

»Für die meisten Frauen, für fast alle Frauen, die nicht so in der Szene unterwegs sind, für die wäre es ein Grund diese Beziehung zu beenden. Die Verletzung wäre zu groß. Wenn das keine Swinger oder Spielende sind, würde die Frau sagen, das wäre das Allerletzte.«

»Ich für mich sage auch, das ist das Allerletzte. Das Einzige, was es mir manchmal schwer macht, ist die Liebe, die ich für ihn habe. Aber ich will das nicht so. Was er gemacht hat, geht gar nicht.«

»Konnten sie denn den Sex in der Konstellation genießen?«

»Ich dachte ja, das sei er.«

»Das ist doch schön.«

»Aber es war ein ganz furchtbarer Mann.«

»Ach, sie kennen ihn?«

»Der hat mich doch angesprochen. So kam es doch raus.«

»Dann erzählen sie mal.«

Ich erzählte ihm die Geschichte von dem anderen Mann.

»Hätte ich nicht die Gefühle für ihn, ich hätte ihn verdroschen. Ich war am Anfang nur gelähmt, mir ging es furchtbar.«

»Der Mensch besteht ja aus verschiedenen Anteilen. Wir sind ja nicht aus einem Guss. Was ist jetzt?«

»Einerseits Ekel und Ablehnung und trotzdem ist mein Herz noch immer berührt von ihm. Es ist ein ganz komischer Zustand. Einerseits will mein Herz ihn, andererseits mein Verstand nicht mehr wirklich.«

»Gab es denn seitdem noch einmal eine Wiederholung.«

»Nein, wir haben uns nach der Trennung nicht mehr gesehen.«

»Wie sind denn seine Bemühungen?«

»Sehr stark. Er schickt mir ständig SMS.«

»Also bemüht er sich sehr?«

»Ja. Es ging ihm furchtbar, er sagte er fühle sich elend und wolle mich zurück.«

»Na sagen wir mal so, wenn Sie sagen, sie mögen ihn, der bedeutet ihnen einiges.«

»Ja, das ist so. Was bedeutet das. Was ist da die Konsequenz? Soll ich mich wieder mit ihm treffen?«

»Wenn sie klar sind. Sie sind es doch gerade, die die Grenze zieht. Wenn sie klar sind, dann sind sie klar. Wenn sie sagen, es tut zu weh. Der Schmerz ist zu groß. Das, was sie da haben, ist nicht ausgeglichen durch die Liebe, die da ist. Dann wird sich herausstellen, wie es wird und ob er es weiter so haben will. Man muss das ja nicht wiederholen.«

Ich war nachdenklich. »Kann ich das denn irgendwann wieder vergessen, dass das passiert ist?«

»Das ist wie, wenn jemand fremd geht und es geht darum, ob sie ihm wieder vertrauen können. Man kann ja über Regeln mit ihm reden. Sie haben eine zweite Chance, aber nie mehr mit verbundenen Augen. Sie könnten mal schauen, wenn es ihm wirklich gut geht. Da gibt es so viele Sachen, für die man nicht unbedingt einen erregten Penis braucht. War es aber anders, dann wird er es nicht wollen.«

»Also ich werde merken, ob es um mich geht oder nicht?«, fragte ich mehr mich selbst.

»Was wäre, wenn er sagt: ´Ich brauche das, aber ich möchte mit dir die Beziehung leben. Wie sieht es aus, wenn ich es mit einer anderen mache?´«

»Wenn er sie nicht berührt, weder emotional noch körperlich, vielleicht ja.«

»Da sind sie aber sehr tolerant.«

»Das bin ich in gewisser Weise«, gab ich zu.
Irgendwann hatte ich so ziemlich alles erörtert, was mir wichtig war und bat ihn um ein Glas Wasser. Er erzählte mir noch von sich, dass er immer sehr offene Beziehungen lebt und er auch Tantrakurse geben würde. Er bot mir auch an, mich einmal damit zu verwöhnen.
Vielleicht machte ich einen falschen Eindruck auf ihn. Ich wollte keine körperliche Berührung von ihm.

Als ich wieder zu Hause war, ging mir immer wieder das Gespräch durch den Kopf. Es hatte sich etwas in meiner Betrachtung verändert. Ich fühlte mein Herz jetzt wieder stärker als vorher. Ich dachte darüber nach, mich doch wieder mit Henry zu treffen. Wenigstens seine Stimme wollte ich so gern hören. Aber ich wollte mir klar sein, wollte noch ein paar Tage warten. Doch der Impuls setzte sich durch und ich rief ihn an.

»Charlotte. Charlotte. Gott, wie freue ich mich«, begrüßte er mich.

Das Eis war geschmolzen.

»Henry, ich habe es mir nicht leicht gemacht dich anzurufen. Ich weiß auch gar nicht, wie es gehen soll. Wie sieht es mit dir aus?«

»Ich will dich. Und ich habe die Scheidung einge-reicht.«

Ich schluckte. Damit hatte ich nicht gerechnet. Mein Inneres jauchzte vor Glück.

»Du sagst ja nichts?«, fragte er mich.

»Doch, ich war nur gerade überrascht.«

»Ich habe dich immer als Mensch wahrgenommen«, erklärte er mir.

»Charlotte, ich will noch so viel mit dir erleben. Ich habe auch schon gesehen, dass es einen Tangokurs am Wochenende gibt, den könnten wir besuchen. Hast du Lust?«

»Warum nicht.« Dann hätten wir ein gemeinsames Hobby, wenn es uns Spaß machen würde.

Es sprudelte nur so aus ihm heraus. Ich ließ mich mitreißen von dem, was er erzählte. Er war so le-bendig und aufgeregt. Es war ein guter Einfall, ihn anzurufen.

Als wir uns trafen, küsste er mich wieder in seiner bestimmenden Art, als sei nichts zwischen uns geschehen. Dennoch spürte ich die unsichtbare Distanz, die zwischen uns war. Wo würde es jetzt hinführen? Gleich den Tangokurs zu besuchen, war eine gute Idee. Es tat uns gut. Ich ließ mich von ihm in die Arme nehmen und führen.

»Das machst du doch nicht zum ersten Mal?«, fragte ich ihn.

»Nein. Ich habe Unterricht genommen. Es ist besser, wenn einer von Beiden es ein wenig besser kann, habe ich mir sagen lassen.«

»Und ich hatte immer gehofft, dass wir eines Tages zusammen tanzen würden. Ich hatte es mir so gewünscht.«
Die Musik war wunderschön. Wir lernten an diesem Wochenende so viel, dass wir zumindest zusammen tanzen konnten. Und wir harmonierten gut.
Schon am Freitag sahen wir uns wieder. Unter der Woche war er geschäftlich unterwegs. Wir gingen in den *Club Fatale*.
Um halb neun holte mich Henry ab, um mit mir in den Club Fatale zu fahren. Es war ein Abend der *Cuba goes Bizarre*. Als wir um die Ecke zum Eingang bogen waren viele Menschen draußen und unterhielten sich. Vor dem hinteren Spielraum schenkte Rafael frischen Apfelsaft aus. Wir nahmen gerne ein Glas zu uns.

»Das ist das Motto `Alles über den Apfel`. Jens wird nachher darüber berichten.«
Wir nahmen unsere Gläser mit nach drinnen und suchten uns einen Platz. Wir setzten uns zu einem Bekannten, Franz, und seiner Jugendliebe, die er das erste Mal hierher mitgebracht hatte.
»Und Franz, wie geht es dir?« Ich hatte gehört, dass seine Frau sich von ihm getrennt hatte, wollte aber

nicht sofort mit diesem Thema beginnen. Er war bei jedem Treffen des *Cuba goes Bizarre* dabei, auch schon auf der ein oder anderen Party. Seine Frau ließ ihm Freiraum, hatte nun aber eh genug.

»Mir geht es gut.«

»Und was ist mit deiner Frau?«

»Was soll sein? Es ist wie immer. Ich mache mein Ding.«

»Ach, sie erlaubt dir deine Affären.«

»Ja, sie weiß, dass ich auch mal was mit einer anderen Frau habe«, erklärte er.

»Da ist sie mittlerweile so tolerant?«

»Es ist ja nie etwas Ernstes. Ich habe immer nur kurz was mit anderen.«

»Und das macht einen Unterschied?«

»Emotional bin ich meiner Frau absolut treu.«

»Deshalb habe ich ja nichts mehr mit ihm«, erklärte seine Ex Natascha.

»So kann man sich das auch verkaufen«, kam von mir.

»Ich wusste schon, warum ich ihn nicht geheiratet habe.«

»Ach, er wollte dich heiraten.«

»Lang, lang ist es her.«

»Aber die Männer hier sind nicht wirklich gut.«, schaute ich in die Runde. Niemand, der mir gefallen würde.

Doch bald kam ein großer Mann zur Tür herein, alleine. ´Der könnte gut zu Natascha passen´, die auch hochgewachsen war, dachte ich mir. Ich sprach ihn an und holte ihn zu uns an den Tisch. Er kam von der Bergstraße, er sei Bauer und jetzt im Controlling tätig. Seine Stimme hatte einen unangenehmen Klang. Mir hätte er nicht gefallen. Natascha war auch nicht wirklich begeistert. Langsam namen alle Leute ihre Plätze ein und die Veranstaltung sollte beginnen. Wo sonst die Tanzfläche war, lagen auf einem großen Tisch in Gruppen sortierte Äpfel mit Schildern, die Auskunft über die Apfelsorte gaben. Jens bat die Anwesenden um Aufmerksamkeit:

»Meine Lieben. Ich habe Euch heute ein besonderes Thema mitgebracht. Es geht heute um den Apfel. ´Schon wieder der Apfel und der Sündenfall´, dachte ich. Henry und ich hatten wohl dieses Thema angezogen.

Nach dem Vortrag waren etliche Leute an dem Tisch und ließen sich von Lisa Äpfel aufschneiden, die sie dann kosteten. An der Bar hatte ich einen Mann entdeckt, der mit einer blonden Frau da war. Schlank, groß gewachsen, mit kurz geschorenen Haaren und dunklem Teint.

Irgendwann stellte sich Ilse auf die Bühne und begann ein Lied über den Apfel zu singen. Es tat in den Ohren weh, aber Jens, ihr Mann, war immer so stolz, wenn sie etwas darbot. Das war ganz entzückend. Aber Singen konnte sie wirklich nicht. Sie war dafür eine wunderbare Tangotänzerin. Nach ihrer Darbietung gab es noch ein kleines Theaterstück und wir waren aufgefordert zu erraten, wo es spielte. Als Preis gab es einen großen Korb mit verschiedenen Äpfeln.

Als die Veranstaltung zu Ende war nahm Andrea das Mikrofon, wie sie, es zuvor mit Luc abgesprochen hatte, ging auf die Bühne und sang »Jeder kleine Spießer macht das Leben mir zur Qual, denn er spricht nur immer von Moral. Und was ich auch denk und tu, man sieht ihm leider an, dass er niemand glücklich sehen kann. Sagt er dann, zu meiner Zeit gab es so was nicht, dann frag ich voll Bescheidenheit mit lächelndem Gesicht: Kann denn Liebe Sünde sein? Darf es niemand wissen, wenn man sich küsst, wenn man einfach alles vergisst, vor Glück? Niemals werde ich bereuen, was ich tat und was aus Liebe geschah. Das müsst ihr mir schon verzeihen. Dazu ist sie ja da...«

Danach gab sie noch ein von mir geliebtes Lied zum Besten: »Man nennt mich Miss Vane, die berühmte Bekannte, Yes Sir...«

Und dann wollte ich eine rauchen und ging nach draußen, denn da hatte man sich inzwischen versammelt, um Jens beim Kältern zuzusehen. Er hatte alles mitgebracht. Die Maschine, in die jeder die Äpfel reinschmeißen durfte, wo sie gehechselt wurden, um sie danach in einer Vorrichtung auszupressen und einen wunderbaren, frischen Saft zu bekommen.

»Es schmeckt einfach köstlich«, lobte ich das Ergebnis.

Auch Henry trank gleich zwei Gläser davon. Er ließ heute den Rotwein stehen, so gut schmeckte ihm der Saft.

»Das sind die verschiedenen Äpfel zusammen«, erklärte Jens, der voller Stolz seine Arbeit präsentierte.

Die Gesellschaft löste sich bald auf, wie immer an diesen Abenden und auch wir fuhren um kurz nach elf nach Hause.

»Ich möchte das Wochenende mit dir verbringen. Willst du zu mir kommen oder ich zu dir?«, fragte mich Henry auf dem Heimweg.

»Wie meinst du das?«, fragte ich unsicher.

»Ich will das ganze Wochenende mit dir zusammen sein. Entweder, du packst die Tasche oder ich.«

»Und deine Tochter? Wird sie nicht bei dir sein?«

»Ich habe das schon geregelt. Ich will mit dir zusammen sein. Die ganze Zeit.«

Wieder spürte ich wie glücklich er mich machte. Ein ganzes Wochenende nur mit ihm. Bei ihm sein, ohne dass er mich nach Hause schicken würde. Und ich würde endlich neben ihm einschlafen dürfen. Die Vorstellung zauberte ein Lächeln in mein Gesicht.

»Wo wärst du denn lieber? Bei dir oder bei mir?«, fragte ich ihn.

»Ganz wie du willst. Wo du dich wohler fühlst.«

»Dann lass uns das am Freitag entscheiden.«

Jeden Tag bekam ich die liebsten SMS und Anrufe über Skype. Wir waren uns so nah. Ich fieberte dem Wochenende entgegen. Ich sollte nach zehn kommen, Essen wollte er nichts mehr. Er hatte schon im Flugzeug gegessen. Ich versorgte mich vorher zu Hause.

Wie wir es beide liebten, goss er uns einen Rotwein ein. Diesmal den Bordeaux, der uns bei der Verkostung so gut geschmeckt hatte.

Er legte eine CD von Sade ein und wir redeten fast bis in die Nacht. Immer mehr erfuhr ich von ihm. Endlich fragte ich all das, was ich wissen wollte. Und dann ging es in die Nacht.

»Lass uns doch zusammen duschen«, schlug er vor. Wir entkleideten uns und er ging schon vor, um die Wärme zu regulieren. Dann kam ich zu ihm. Er cremte mich ein, wusch mir über den Rücken, die Beine und ich wusch meine Scham.

Dann gingen wir ins Bett. Ich sehnte mich nach seinen Berührungen, schmiegte mich an ihn. Er drehte mich um und fing an meinen Rücken zu massieren. Er knetete meinen Nacken, meine Schultern, massierte meine Pobacken. Es war so elektrisierend. Unbändige Wollust überkam mich. Er drückte seinen Körper fest an mich und küsste meinen Hals entlang. Liebevoll, und zärtlich biss er hinein. Und dann spürte ich etwas. Ich spürte die Regung seiner Männlichkeit. Oh Gott, wie schön, wie wundervoll. Endlich...

Vielen Dank für die Unterstützung. Für die Informationen, die mir gerne gegeben wurden. All jenen Dank, denen ich im Ohr lag. Und jenen, die mir bei der Fertigstellung halfen.